Im August 2002 hatten atlantis-city, Internetportal für die 50plus-Generation, und Dorint Hotels & Resorts zu dem Schreibwettbewerb »Menschen im Hotel« aufgerufen. Mehr als 1 600 Autorinnen und Autoren haben sich an der Aktion beteiligt. Eigentlich sollten nur die fünf besten Geschichten in diesem Buch erscheinen. Doch der vierköpfigen Jury fiel die Auswahl so schwer, dass sich die Initiatoren kurzerhand entschlossen haben, zehn Geschichten zu veröffentlichen. Eine schöne Überraschung für die Autorinnen und Autoren! Die ersten fünf durften zudem ein Wochenende in einem Dorint-Hotel in Deutschland verbringen. Ein Dankeschön an Dorint Hotels & Resorts! Parallel zum Schreibwettbewerb hatte atlantis-city um Ideen für das Buchcover gebeten, so dass auch das Cover von einem Wettbewerbsteilnehmer gestaltet wurde.

Viele der Autorinnen und Autoren ließen sich bei dem Wettbewerbsthema vom Gedanken an Liebe und Leidenschaft beflügeln – wo sonst kann man so schöne Nächte verbringen wie in einem Hotel? Auch so manche alte Liebe flammte in den eingesendeten Kurzgeschichten wieder auf. Doch die helle Seite des Lebens scheint von der dunklen Seite nur einen Pistolenschuss entfernt zu sein. In mehr als einer Geschichte schickten die Autorinnen und Autoren finstere Gestalten und sogar Mörder über die langen Hotelflure.

Das vorliegende Buch spiegelt das Lebensgefühl der Menschen von heute wider, auf deren aktive Mitgestaltung unsere Gesellschaft angewiesen ist. Herzlichen Dank an alle, die sich an dem Schreibwettbewerb beteiligt haben.

Der Gast von nebenan

Die besten Geschichten
des Wettbewerbs
»Menschen im Hotel«

Der Allitera Verlag ist ein Books on Demand-Verlag
der Buch & medi@ GmbH, München. Dieser Verlag publiziert
ausschließlich Books on Demand in Zusammenarbeit mit der
Books on Demand GmbH, Norderstedt, und dem Hamburger
Buchgrossisten Libri. Die Bücher werden elektronisch gespeichert und
auf Bestellung gedruckt, deshalb sind sie nie vergriffen. Books on Demand
sind über den klassischen Buchhandel und Internet-Buchhandlungen
zu beziehen.

Weitere Informationen über den Verlag und sein Programm unter:
www.allitera.de

Bibliographische Information der Deutschen Bibliothek

Die Deutsche Bibliothek verzeichnet diese Publikation in der
Deutschen Nationalbibliographie; detaillierte bibliographische Daten sind
im Internet über <http://dnb.ddb.de> abrufbar.

Juni 2003
Allitera Verlag
Ein Books on Demand-Verlag der Buch & medi@ GmbH, München
© 2003 für die Anthologie
Atlantis City AG, Bonn und Buch & medi@ GmbH, München
© 2003 für die Einzelbeiträge bei den AutorInnen
Umschlaggestaltung: Kay Fretwurst unter Verwendung von Bildvorlagen
von Manoocher Khoshbakht
Herstellung: Books on Demand GmbH, Norderstedt
Printed in Germany · ISBN 3-935877-85-4

Inhalt

Vorwort von Schirmherr Walter Sittler 7

Jess Geiger
Was ist los auf 117? 10

Roland Künzel
In der Strafkolonie 15

Oliver Metz
Das Geheimnis der siebten Nacht 32

Judith Dominique Frass-Wolfenegg
Liberty 49

Lucia Agnes Yuen
Die Mittwochs-Affäre 59

Rudolf Vismara
Jede Nacht in einem anderen Bett 72

Annette Kipnowski
Der Handelsvertreter 85

Birgit Erwin
Zugvogel 93

Gunnar Kaiser
Der Brief 102

Hannelore Wiese
Das Treffen 107

Die Autorinnen und Autoren 117

Danksagung 119

Vorwort von Schirmherr Walter Sittler

Kreativität treibt viele Menschen an. In jüngeren Jahren konzentriert sich diese Energie vielfach auf Beruf und Karriere. Doch in der Lebensmitte halten viele inne und nutzen ihre Erfahrung und Erinnerung, um zu schreiben und damit ein Stück von sich selbst preiszugeben. Das Wettbewerbs-Thema »Menschen im Hotel« bietet unendliche Entfaltungsmöglichkeiten. Durch meine Rolle als Hotel-Direktor Ronaldo Schäfer in der Fernsehserie »Girl Friends« habe ich einen Teil zu dieser schillernden Welt beigetragen. Doch auch als Privatperson bin ich – wie die meisten von Ihnen – schon in Hotels abgestiegen und habe mir Gedanken darüber gemacht, wer wohl vor mir dieses Zimmer bewohnte und wer nach mir hier übernachten wird.

Wie kreativ die 50plus-Generation ist, hat nicht zuletzt dieser Schreibwettbewerb gezeigt. Doch auch jüngere Menschen haben Zeit und Muße gefunden, eine Geschichte über »Menschen im Hotel« zu schreiben – darüber freuen wir uns sehr. Unter 1.602 Einsendungen hatte die Jury die schwierige Aufgabe, die fünf besten Geschichten herauszusuchen. Die Auswahl ist ihr so schwer gefallen, dass sie kurzerhand beschlossen hat, fünf weiteren Autorinnen und Autoren eine Chance zu geben!

Als Schirmherr der Aktion freue ich mich sehr über den Erfolg dieses Schreibwettbewerbs. Ende 2002 bin ich selbst 50 geworden. Und wissen Sie was? Ich finde es schön und möchte keinen Tag jünger sein. Das, was ich bisher erlebt habe, ist ein Teil von mir, den ich nicht missen möchte.

Ich wünsche Ihnen viel Spaß beim Lesen und verbleibe mit herzlichen Grüßen

Ihr Walter Sittler
Schirmherr des Schreibwettbewerbs »Menschen im Hotel«

Jess Geiger
Was ist los auf 117?

Mein Wochenende hatte ich mir lebendiger vorgestellt. Aber es kommt ja meistens anders als man denkt.

Immer schon habe ich davon geträumt, in einem Luxushotel zu übernachten. Allein schon die Ankunft stellte ich mir aufregend vor. Wie selbstverständlich würde ich dem Portier sagen, ich wolle »erst mal für ein bis zwei Nächte bleiben«. Dann würde ich mein kleines Reiseköfferchen abstellen, mir die Lederhandschuhe abstreifen, um die Anmeldung zu unterschreiben. Ein Page würde auf mich zueilen, mir freundlich das Gepäck abnehmen und mich durch die Halle geleiten. Im Fahrstuhl würde er professionell an mir vorbeisehen, obwohl er am liebsten mit mir flirten würde.

Im Zimmer angekommen, würde ich ihm ein großzügiges Trinkgeld so lässig in die Hand drücken, als hätte ich das schon hundertmal getan. Dann würde ich mich aufs Bett legen, irgendeinen netten Menschen anrufen, durch die Fernsehprogramme zappen und den Zimmerservice bestellen. Ich würde Sekt schlürfen, erkunden, welche Knabbereien die Minibar zu bieten hat und mich dann in Schale werfen, um beim Abendessen alle Blicke auf mich zu ziehen.

Später am Abend würde ich mit einem netten jungen Mann, der es sich nicht nehmen lassen konnte, mich einzuladen, an der Hotelbar sitzen und Cocktails trinken. Sobald ich mir eine Zigarette anzünden würde, kämen von allen Seiten attraktive Männer mit ihren Feuerzeugen auf mich zu. Charmant lächelnd würde ich mal hier und da freundlich nicken. Der Allerschönste dürfte mir Feuer geben, bevor ich mich wieder – ganz Dame – meinem Begleiter widme.

Doch was ist aus diesem Traum geworden? Seit zwei Stunden liege ich hier auf dem Boden meines Hotelzimmers – dem ersten, das ich je von innen gesehen habe –, alle viere von mir gestreckt, das linke Bein völlig verdreht und mausetot. Jawohl, tot.

Tot, tot, tot.

Ich konnte es erst nicht glauben. Aber es gibt da ein paar Hinweise, die ich einfach nicht ignorieren kann. Wäre ich noch bei Bewusstsein, würde mir das Bein höllische Schmerzen bereiten, denn es ist bestimmt gebrochen. Mein Kopf liegt wie festgetackert auf dem Teppich, meine Augen sind weit aufgerissen und haben seit mindestens zwei Stunden nicht einen Wimpernschlag getan. Mein Mund steht offen und – beim besten Willen – ich kann ihn nicht schließen, zudem läuft eine dünne Spur Blut aus ihm heraus. Nicht zu vergessen, dass mein Rücken in einer riesigen Blutlache liegt.

Ich wundere mich, dass meine Gedanken nicht völlig verwirrt in Panik ausbrechen und wild durcheinander purzeln. Aber eine unbekannte Ruhe hat mich ergriffen, eine Gelassenheit, die ich so nicht kannte. Ich weiß, dass ich an diesem Zustand absolut nichts mehr ändern kann. Es gibt kein Zurück und auch keinen Ausweg. Ich weiß nicht, warum das Schicksaal mich jetzt so beutelt, ich kann es nur vermuten.

Ich versuche mich zu erinnern, wie ich in diese ausgesprochen schlechte Lage gekommen bin. Aber da ist nichts, nicht mal die Spur einer Erinnerung.

Schade, dass mich so schnell keiner vermissen wird. Werden sie mich erst finden, wenn ekelhafter Geruch durch die Türritze dringt? Wie lange soll ich denn warten, bis sich jemand meines armen Körpers erbarmt? Ich kann doch nicht ewig hier herumliegen. Die wollen das Zimmer bestimmt noch weitervermieten, die müssen doch mal nachsehen?

Oh, es klopft. Na endlich, soll ich hier erst Schimmel ansetzen?

»Zimmerservice«, flötet ein Stimmchen durch die Tür.

»Kommen Sie rein!«, möchte ich dem Stimmchen entgegenrufen, »ich kann mich nicht mehr bewegen, bin gerade gestorben, also müssen Sie wohl die Tür eintreten. Schreiben Sie's auf meine Rechnung, aber bitte TUN SIE ETWAS!«

Es klopft wieder. Als ich es auch jetzt nicht schaffe, wieder lebendig zu werden, meldet das Stimmchen: »Ich stelle den Obstkorb vor Ihre Tür, Madame. Ich komme um sieben wieder.«

Obstkorb??? Den hab' ich doch gar nicht bestellt! Und wieso kommt die um sieben wieder? Wie spät ist es jetzt? Wie lange wird es noch dauern, bis hier endlich jemand auftaucht? Ob ich mal eben ein Nickerchen machen kann, um die Zeit totzuschlagen? Haha, damit macht man keine Witze, ermahne ich mich selbst. Vielleicht habe ich ja gar kein Zeitgefühl mehr, und die letzten Stunden kamen mir nur so lange vor, vielleicht liege ich hier erst zwei Minuten, oder schon zwei Tage?

Ah, es klopft wieder.

»Zimmerservice.«

Das Stimmchen kenne ich bereits. Wenn die so blond wie ihre Tonlage ist, kommt die hier nie rein, befürchte ich. Als ich fieberhaft überlege, was noch alles passieren müsste, damit man endlich diese verdammte Tür aufbricht, höre ich, wie jemand vorsichtig einen Schlüssel ins Schloss steckt, genauso vorsichtig umdreht und langsam die Tür einen kleinen Spalt öffnet. Die ganze Zeit redet das Stimmchen in meine Richtung: »Madame, nicht erschrecken, ich bin's nur. Ich komme kurz herein, um Ihr Bett aufzuschütteln. Wenn es nicht passend ist, sagen Sie bitte etwas.«

Die soll endlich aufhören zu sabbeln und ihren Kopf durch die Tür schieben. Super, ich sehe bereits ein paar schwarze Locken. Schwarz? Ich hätte schwören können, dass die blond ist. Egal. Jetzt erblickt sie mich endlich, doch was macht das dumme Huhn? Schreit wie am Spieß! Steht einfach nur da und schreit, als würde *sie* in Blut baden!

»Mädel«, möchte ich ihr zurufen, »ich weiß gar nicht, warum *du* dich so aufregst. *Du* bist lebendig, genieße jeden Augenblick und hol sofort die verdammten Bullen! Aber leg mich bitte vorher etwas anders hin, ich sehe ja scheußlich aus.«

Sie scheint begriffen zu haben, denn sie verschwindet, knallt die Tür zu und es dauert nicht lange, bis sie wieder geöffnet wird. Ein kleiner dicker Mann um die fünfzig kommt auf mich zu, während er fassungslos die ganze Zeit vor sich hin flüstert. Ist bestimmt der Hotelmanager.

»Das kann doch nicht wahr sein ... in meinem Hotel ... ich glaub das nicht ... muss die Polizei rufen ... warum ausgerechnet in *meinem* Haus ... die Presse ... die Gäste bleiben aus ... Jesus Maria!«

Seine Hände greifen zur Brust. Er setzt sich auf den einzigen Stuhl in meinem Zimmer und holt tief Luft. Zieht ein großes weißes Taschentuch aus der Hosentasche und fährt sich immer wieder über die Stirn. Dann verschwindet er mit kleinen hektischen Schritten.

Als Nächstes betritt eine ganze Horde Männer das Zimmer. Die ersten beginnen gleich, eine Art Puder auf den Türrahmen zu pinseln. Das muss die Spurensicherung sein. Dann sind die ja von der Mordkommission! Trotz allem freue ich mich. Man scheint mich endlich ernst zu nehmen. Einer von den Kommissaren, ein ziemlich hübscher mit blond gefärbten Wuschelhaaren und wunderschönen braunen Augen, schaut sich erst im Zimmer um, geht zum Fenster, schiebt die Gardine zurück und kniet sich dann neben mich. Er beugt sich über meinen Körper und betrachtet mich aufmerksam, dreht mich um, guckt und schweigt, und legt mich wieder zurück. Er ist so nah, dass ich ihn mit beiden Armen umschlingen, zu mir herunterziehen und küssen könnte. Wenn ich nicht so schlapp wäre! Gott, ist der süß!

»Weibliche Leiche, der Schuss ging durchs Fenster, der Täter hat wahrscheinlich vom Gebäude gegenüber geschossen. Das Opfer wird Mitte dreißig sein, was meinst du, Holger, wie lange ist das her?«

Gott, hat der eine tolle Stimme! Und diese Ausstrahlung! Kollege Holger betrachtet mich immer noch eingehend. Seine Augen können sich nicht von meinen Beinen lösen. Himmel noch mal, kann mir nicht endlich jemand den verdammten Minirock etwas runterziehen?

»So eine schöne Leiche«, sagt er verträumt, besinnt sich dann wieder auf seinen Job. Wird ja auch Zeit.

»Ich würde mal grob sagen, sechs bis sieben Stunden. Genaueres morgen früh. Muss wieder weg, hab' noch einen Notfall im Institut liegen. Ich fax es dir dann rüber, tschüss Alex.«

So, so, Alex heißt er also, mein schöner Kommissar. Mittlerweile beugt er sich leider nicht mehr über mich, sondern hat seinem Kollegen aufgetragen, das Zimmermädchen aufzutreiben und die neugierigen Hotelgäste fern zu halten.

Die wollen doch auch mal einen Blick riskieren, das sieht man doch sonst nur im Fernsehen, möchte ich ihm zurufen. Als das Stimmchen mit den schwarzen Locken wieder mein Zimmer betritt, wird mir endgültig klar, dass ich im falschen Film gelandet bin.

»Die Gräfin!«, schluchzt sie immer wieder in ihr Tempo, »die arme Gräfin! Ich konnte sie nicht mal begrüßen. Wahrscheinlich war sie schon tot, als ich das erste Mal geklopft habe. Sonst hat sie sich immer so gefreut, wenn ich ihr das Obst gebracht habe oder das Bett noch mal aufgeschüttelt, aber sie hat ja gar nicht geantwortet! Die arme Gräfin, ach ...!«

Gräfin??? Was soll das Geschwätz mit der Gräfin?

»Aber der Hotelmanager, na, der ... Herr Schönefelder, sagte uns, auf Zimmer 117 hätte sich eine Annemarie Hauser eingetragen, wie kommen Sie auf Gräfin?«

Danke Alex, das würde ich auch nur allzu gern wissen.

»Ach, das ist doch die Gräfin Margret von Tennbergen. Die kam jeden Monat für ein Wochenende zu uns. Sie hasste das ganze Adelsgetue, am liebsten wäre sie Schauspielerin geworden. Immer, wenn sie zu uns kam, hat sie sich dermaßen verkleidet, dass wir erst wussten, dass sie es war, wenn wir ihre Stimme gehört haben. Sie hat immer nur dieses Zimmer verlangt, ein anderes hat sie nicht angenommen.«

»Wie oft haben Sie die Gräfin eigentlich ungeschminkt gesehen?«

»*Ungeschminkt?* Nie! Nur unser Chef hat sie ein einziges Mal so gesehen, weil er sie nachts ins Krankenhaus bringen musste.«

»Warum hat mir noch keiner den Schönefelder geholt?«, ruft mein schöner Kommissar in den Raum. »Muss man sich denn hier um alles selber kümmern?«

Selbst wenn er wütend wird, ist er wunderschön. Oh, wäre ich ihm doch nur unter anderen Umständen begegnet!

»Herr Kommissar, wie kann ich Ihnen helfen?« Völlig aus der Puste und mit seinem Taschentuch, mit dem er sich schon wieder die Stirn wischte, steht Schönefelder neben mir und Alex.

»Erkennen Sie diese Dame? Ist das die Gräfin von Tennbergen?«

»Unsere Gräfin? Aber, Herr Kommissar, ich bitte Sie! Unsere Gräfin hätte ich doch sofort erkannt! Außerdem hat sie doch gestern ihre Buchung telefonisch abgesagt. Die Ärmste ist wieder krank. Ich habe ihren Kollegen doch vorhin schon erklärt, dass sich diese Frau hier als Annemarie Hauser eingetragen hat. Der Portier sagte mir, sie hätte lange nach ihrem Ausweis suchen müssen, wäre total nervös und aufgeregt gewesen, hat sogar zwei Mal ihre Handtasche bei der Suche fallen lassen. Wer um alles in der Welt kommt auf die Idee, diese Frau so einfach zu erschießen?«

Das würde mich auch mal interessieren!

»Denken Sie mal scharf nach, hat die Gräfin von Tennbergen Ihnen gegenüber irgendwann etwas Ungewöhnliches erwähnt?«, bohrt Alex nach.

»Die ganze Frau ist ungewöhnlich, wenn Sie mich fragen! Aber, da gab es schon etwas, nur hat sie niemand so recht ernst genommen damit. Sie neigt etwas zum Theatralischen, wenn Sie verstehen, was ich meine, Herr Kommissar. Sie erwähnte letztes Mal, dass sie sich von ihrem Exmann verfolgt fühlte. Ich bitte Sie, die beiden sind seit über zwei Jahren getrennt, außerdem hat er schon längst was Neues! Ich hielt das für übertrieben, Sie wissen doch, wie sie sind, unsere Promis!«

»Ist die Scheidung denn schon durch?«

»Sie lesen wohl keine Zeitung?« Ungläubig starrt Schönefelder meinen schönen Alex an.

»Den Gesellschaftsteil überfliege ich nur. Unsere *Promis* interessieren mich nicht so sehr«, zischt Alex ungeduldig.

»Na dann. Also, es gab eine Menge Ärger wegen dem Geld. Obwohl er unsere Gräfin wegen einer Jüngeren verlassen hat, verlangte er noch Millionen, um in die Scheidung einzuwilligen. Ein Haufen Geld, den sie nicht gewillt ist, an ihn zu zahlen. *Nur über meine Leiche*, soll sie noch vor ein paar Tagen zu ihm gesagt haben.«
»Danke, Sie haben uns sehr weitergeholfen.«
Nachdem Schönfelder tippelnd verschwunden ist, wendet sich Alex an seinen Kollegen: »Für uns gibt es hier wohl nichts mehr zu tun. Lass uns doch mal den Exmann der Gräfin genauer unter die Lupe nehmen, sein Alibi überprüfen. Ich bin sicher, es handelt sich nur um eine Verwechslung.«

Da geht er hin, mein schöner Kommissar. Und ich muss mich jetzt damit abfinden, dass ich aus Versehen umgebracht wurde, nur, weil so ein durchgeknallter Ehemann zu blöd war, sich die Frau näher anzusehen, auf die er sein Gewehr gerichtet hat. Okay, da war die Gardine dazwischen, aber hören solche Leute nicht auch vorher die Telefone ihrer Opfer ab? Falls die es sich vielleicht anders überlegt haben und sich ganz woanders aufhalten. Aus Versehen die Falsche umbringen? So wie mich? So ein Idiot!!!

Es ist ruhig geworden in meinem Zimmer. Die Spurensicherung pinselt immer noch still vor sich hin, alle anderen haben mich allein gelassen. Gleich werden sie mich abholen und in einem Zinksarg hinaustragen. Sobald sie den Deckel geschlossen haben, ist alles vorbei.
Die schlichte Beerdigung in unserem kleinen Dreihundert-Seelen-Dorf werde ich nicht mehr mitbekommen, ebenso wenig die geheuchelte Anteilnahme meiner Schwester. Hätte sie darin eingewilligt, dass wir zwei gemeinsam den Hof der Eltern weiter bewirtschaften, wäre ich nicht abgehauen und noch am Leben.
Bis sie mich gleich abholen, werde ich die letzten Minuten in meinen Fantasien schwelgen. Auch wenn ich tot bin, der Mensch wird doch noch träumen dürfen? Ich stelle mir ein Begräbnis vor, wie die Welt es noch nicht gesehen hat! Der ganze Hochadel wird vertreten sein, bekannte Schauspieler, Politiker und vor allem eine ganze Horde Journalisten tummeln sich um *mein* Grab. Meine Schwester sitzt zu Hause und verfolgt alles im Fernsehen. Platzen wird sie vor Neid! Das würde … ach, da sind sie.

Roland Künzel
In der Strafkolonie

Das Hotel lag auf einem Plateau hoch über dem Leutaschtal und bot einen atemberaubenden Blick auf die Zugspitze und die Gletscherberge des Alpenhauptkamms. Von weitem glich es eher einem Sanatorium, das im Stil der Gründerzeit errichtet und vielleicht einmal als Lungenheilstätte genutzt worden war.

Als der hoteleigene Shuttle-Bus sich der Anlage näherte, konnte man zahlreiche Nebengebäude erkennen, die sich um das große, säulengeschmückte Haupthaus gruppierten und nicht weniger stattlich aussahen: Veranden, Wintergärten, großzügig verglaste Fassaden – und alles eingebettet in eine Parkanlage, die durch eine hohe, zinnenbewehrte Umfassungsmauer vor den Unbilden der Witterung leidlich geschützt wurde.

Der Empfang der wenigen Neuankömmlinge verlief hastig und, wie mir schien, ohne besondere Herzlichkeit. Vielleicht hätte mich schon der Begrüßungstrunk misstrauisch machen sollen: weder war es Sekt noch Orangensaft – dafür ein undefinierbarer Geschmackswirrwar von Weißdorn, Holunder, Vitamintabletten und Krankenhaus. Die Pagen – wenn man sie so nennen durfte, denn sie waren stämmige Herren in den Dreißigern – brachten das Gepäck eilig auf die Zimmer, die sich allesamt in den oberen Geschossen des Haupthauses befanden.

»Man legt hier Wert auf pünktliches Erscheinen zu den Mahlzeiten und Anwendungen«, sagte mein Page bedeutungsvoll, bevor er die schwere Eichentür meines Zimmers ins Schloss fallen ließ.

Nun ja, dachte ich; ein Hotel, das auf eine gewisse Verbindlichkeit Wert legt. Ein Küchenchef, der seine Kreationen nicht am Fließband produzieren möchte. Warum eigentlich nicht …?

Als ich abends den Speisesaal betrat, erschien mir die Stimmung seltsam gedrückt. Ich vermisste die Geschwätzigkeit, die Euphorie, das geschäftige Treiben, das zu einem Urlaubshotel in bester Lage gehört. Wir Neuankömmlinge wurden an einen Tisch in der Ecke platziert.

»Haben Sie irgendwo eine Speisekarte gesehen?«, fragte ich in die Runde.

»Es gibt ein festgelegtes Menü«, flüsterte der korpulente, glatzköpfige Herr, der mir gegenüber saß. Ich wusste zwar nicht genau, warum er so leise sprach, vermutete jedoch, dass es an der Atmosphäre des Saales lag. Kein Lachen, kein lautes Wort, dafür aber erwartungsvolle Blicke, als das Essen aufgetragen wurde.

Die Speisenfolge begann mit einer dampfenden Ingwer-Grünkern-Suppe, der als Hauptgericht gedünstete Tofu-Würfel auf Sojasprossen folgten. Die Getränke-Auswahl bewegte sich zwischen Volvox-Vulkanwasser und Aloe-Vera-Saft.

Ich winkte die Servierin heran, die meiner Aufforderung nur zögernd, ja, widerwillig Folge leistete. Erstaunte Blicke von den Nachbartischen begleiteten sie.

»Die Suppe war ja ganz ordentlich«, sagte ich anerkennend, »aber statt Tofu hätte ich doch lieber ein anständiges Wiener Schnitzel. Und dazu ein Weizenbier.«

Im Gesicht der Kellnerin ging die gleiche Veränderung vor sich wie in den Gesichtern der Gäste, die ungläubig zu uns hinüber schauten: Überraschung, Verwunderung, ja, so glaubte ich zu sehen, sogar Missfallen. Und dazu eine Sprachlosigkeit, die mir vollends zu Bewusstsein brachte, dass ich offenbar einen unverzeihlichen Fauxpas begangen hatte – aus welchen Gründen auch immer. Ich wischte mir mit der Serviette den Mund ab und sagte an diesem Abend gar nichts mehr. Es hätte dazu auch kaum Gelegenheit gegeben, denn wenig später betrat der Hoteldirektor – ein stattlicher, untersetzter Mann – den Speisesaal und wünschte allen Gästen eine gute Nacht. Bevor er ging, begrüßte er noch die Neuankömmlinge und gab seiner Hoffnung Ausdruck, sie am nächsten Morgen ausgeruht bei den Anwendungen begrüßen zu dürfen. Mir war zwar nicht klar, welche Anwendungen er meinte, machte mir darüber aber keine unnötigen Gedanken und ging auf mein Zimmer. Die anderen Hotelgäste taten das Gleiche, und, wie ich sah, blieb ihnen auch gar nichts anderes übrig, denn bis auf eine Notbeleuchtung wurden alle Lichter im Saal und an der Rezeption gelöscht und die Eingangstüren sorgfältig verschlossen.

Als ich ins Bett ging, fiel mir eine winzige Papier-Ecke auf, die, so wollte mir scheinen, neugierig zwischen der Matratze und der Wand hervorguckte. Ich zog daran und hielt ein Blatt Papier in der Hand, das übersät war von unzähligen Strichen und Punkten. Es dauerte einen Moment, bis ich hinter den Sinn der Symbole kam. Das Morse-Alphabet! Die Zimmermädchen hatten den Zettel offenbar übersehen. Oder ihn absichtlich dort versteckt? Oder jemand anderes? Aber wer? Und warum? Gab es ein Geheimnis in dem Hotel, das ich nicht kannte und das mit dem Morse-Alphabet zusammen hing? Während ich grübelte, schlief ich ein und träumte von einem Kreuzfahrt-Schiff, das einen Eisberg gerammt hatte. Ich war der Funker und morste pausenlos SOS: kurz-kurz-kurz-lang-lang-lang-kurz-kurz-kurz.

Nach dem Frühstück – es gab Müsli nach Bircher-Benner und Malzkaffee mit Zichorien-Zusatz – hieß es aus dem Mund des Hoteldirektors: »Bitte fertig machen für die Anwendungen!«

Diese Aufforderung klang weniger nach Bitte als nach Befehl und hatte im Saal ein kollektives Aufstöhnen zur Folge. Nichtsdestotrotz herrschte wenige Minuten später im Foyer ein Gewimmel von Bademänteln, Handtüchern und den zugehörigen, merkwürdig lustlosen Gesichtern. In einigen glaubte ich sogar Angst zu erkennen. Es blieb aber keine Zeit, darüber nachzudenken, denn nun ertönten aus allen Ecken des Foyers laute Kommandos:

»Peelingmassage mit Straffungswickel hierher!«

»High Care Body-Wrapping zu mir!«

»Express-Lifting und Thalasso-Maske nach rechts – aber dalli!«

»Oxygen-Power mit Sauerstoff-Einschleusung zur Glastür links!«

Wie eine aufgescheuchte Schafherde wuselten die Hotel-Gäste durcheinander, bis sie ihren Bestimmungsort erreicht hatten und mit gesenktem Kopf darauf warteten – ja, ich traute meinen Augen kaum, aber so sah es aus –, abgeführt zu werden. Die stämmigen Pagen und noch stämmigere Masseusen waren zur Stelle und marschierten mit ihren Gruppen zu den Nebengebäuden, wo sich offenbar ihr weiteres Schicksal erfüllen sollte. Eine zierliche junge Frau fiel mir auf, weil sie sich dem Gang zur Peeling-Massage und den Straffungswickeln widersetzte.

»Lasst mich! Ich will nicht!«, rief sie und machte Anstalten umzukehren. Zwei kräftige Masseusen nahmen die Widerstrebende in ihre Mitte und sorgten dafür, dass auch sie an ihren Bestimmungsort gelangte.

Nach dem Protestgeschrei der jungen Frau kehrte wieder Ruhe ein. Es blieb aber ein eigenartiges Grundrauschen, das von allen Seiten in die Hotelhalle strömte und wie ein allgegenwärtiges Seufzen und Ächzen klang. Das Foyer war nun fast leer. Nur wir Neuankömmlinge standen noch herum. Der Direktor wandte sich uns zu. In der

Hand hielt er einen Zettel, von dem er laut und deutlich die Anwendungen ablas. Ein Herr Angermann – wohl der erste im Alphabet – wurde zum Energieausgleich mit Yin-Yang-Lotion und Akupunkt-Stimulierung geschickt. Mit hängenden Schultern schlurfte er an der Seite eines Pagen davon. Frau Cyrus zuckte zusammen, als sie erfuhr, was der Direktor – oder wer auch immer – ihr zugedacht hatte: Spezialwickel mit Zimtcreme auf der Softpack-Liege und zur Verschärfung noch eine Farblicht-Energiedrainage. Unsere mitfühlenden Blicke begleiteten sie. Und dann war ich an der Reihe: Algen-Kälte-Maske mit Express-Lifting lautete das Urteil. Mich schauderte, aber ich versuchte, Haltung zu bewahren.

Ein Page nahm sich meiner an. Er schwieg während des ganzen Weges zu dem Nebengebäude, in dem er mich schließlich ablieferte. Dabei dachte ich, dass einige aufmunternde Worte in der Ungewissheit meiner Situation durchaus angebracht gewesen wären. Aus dem Behandlungsraum, vor dessen Tür ich mich wiederfand, drang verhaltenes Stöhnen, das immer wieder von heftigen Flüchen unterbrochen wurde. Bevor ich mir einen Reim darauf machen konnte, wurde ich von zwei kräftigen Armen in das Zimmer hinein gezogen und ebenso bestimmt auf eine Liege gedrückt. Neben mir zappelte und lamentierte ein Mann mittleren Alters, dem offenbar das Gleiche bevorstand wie mir.

Nein, sagte ich zu mir; egal, was kommen wird – so ein jämmerliches Bild wie dein Nebenmann wirst du nicht abgeben.

Zwei weiß gekleidete Pfleger – ein Mann und eine Frau – hatten alle Mühe, ihn festzuschnallen und ihm eine, soweit ich aus den Augenwinkeln sehen konnte, grünliche Masse ins Gesicht zu schmieren. Danach hörte das unerträgliche Gejammer auf und ging in ein schicksalsergebenes Röcheln über.

Recht so, dachte ich in diesem Moment, da hast du nun die Quittung für dein lächerliches Gehabe.

Offenbar aber galt in dem Raum, in dem ich mich befand, das Prinzip der Gleichbehandlung, denn mein Körper wurde ebenfalls mit kräftigen Riemen festgezurrt.

Jetzt, schoss es mir durch den Kopf, jetzt kommt es. Jetzt kommt sie.

Und schon spürte ich eine zähe, entsetzlich kalte Masse auf meinem Gesicht, die so ähnlich roch wie ein Fischereihafen im Hochsommer. Ich musste aufpassen, sie nicht einzuatmen und röchelte bald genauso schön wie mein wehleidiger Schicksalsgenosse. Dabei ging jedes Zeitgefühl verloren. Mein kühler Kopf versetzte mich in eine Art Halbschlaf, in dem ich die Geräusche der Umgebung genau registrierte. Sie waren die einzige Abwechslung in den endlosen Stunden, die ich auf der Liege verbringen musste. Aus dem linken Teil des Gebäudes kam Weinen und Schluchzen, offenbar von einer Frau, während im Raum über mir ein Mann mit eigenartig näselnder Stimme um Gnade winselte und ob sie heute nicht einmal eine Ausnahme machen könnten. Kurz darauf verstummte er, und mir fiel auf, dass mein Nachbar noch immer leise röchelte.

Irgendwann kamen die Pfleger zurück. Ich hatte gar nicht gemerkt, dass sie das Zimmer verlassen hatten. Mit viel Wasser und einem Lappen entfernten sie die grünliche Algen-Masse von unseren Gesichtern. Ich wollte schon aufatmen, als die Frau sagte: »So, und jetzt noch das Express-Lifting.«

Während diesmal eine farblose Schmiere in meinem Gesicht verteilt wurde, hatte ich das Gefühl, vom Regen in die Traufe gelangt zu sein. Meine Haut zog sich zusammen wie Wäsche, die einläuft. Und mein Kopf? Mir fielen Geschichten von Urwaldvölkern ein, die aus den Häuptern ihrer Gegner handliche Schrumpfköpfe zauberten … Ich sah das meinige schon als Verzierung über dem Tresen der Rezeption baumeln …

Aber so weit kam es nicht. Nach den langen Minuten der Angst trat die Pflegerin an meine Liege, löste die Fesseln und entfernte umsichtig das Gel.

»Für heute Vormittag wären wir fertig«, stellte sie fest. »Nach der Mittagsruhe erfahren Sie, wie es weiter geht.«

Damit war ich entlassen und durfte tatsächlich – wer hätte das gedacht – allein zum Haupthaus zurückgehen. Mein wehleidiger Nachbar musste noch bleiben. Aus allen Nebengebäuden kamen Gestalten, Männer und Frauen, die erschöpft und apathisch aussahen und alle dem gleichen Ziel entgegentrotteten: dem Haupthaus. Bis zum Mittagessen war noch eine halbe Stunde Zeit. Ich ging sofort auf mein Zimmer. Ungläubig betastete ich mein schmerzendes Gesicht und überlegte dabei, ob mein Kopf wirklich noch genauso groß war wie vor dem Express-Lifting. Ich hatte Angst, in den Spiegel zu schauen, bis ich mich wieder zur Disziplin ermahnte. Man muss der Wahrheit ins Auge sehen, befahl ich mir – aber was ich dann sah, ließ mich jäh einen Schritt zurücktreten.

»Michel Jackson!«, rief ich entsetzt, »das ist ja Michael Jackson!«

Aus dem Spiegel starrte mich ein bleiches, maskenhaftes Gesicht an. Nein, kein Gesicht – eine polierte Marmorvisage ohne eine einzige Unebenheit. Die Lachfältchen um meinen Mund waren verschwunden, und meine Stirn war nicht mehr bereit, sich in nachdenkliche Runzeln zu legen. Alles glatt, eben, kahl. Sogar meine Tränensäcke, die mich an viele schöne durchzechte Nächte erinnerten, waren planiert. *Das* sollte ich sein? Ich schüttelte den Kopf. Und siedend heiß stieg ein angstvoller Gedanke in mir hoch: *Wer* wirst du sein, wenn es die nächsten Tage und Wochen *so* weitergeht? Eigentlich hatte ich vier Wochen Berg-Hotel gebucht, um in der guten Luft einmal richtig auszuspannen und die Seele baumeln zu lassen – doch stattdessen wurde mir glibberige Algenmasse verabreicht und zum Abendbrot Tofu serviert. Enthielt das Straffungs-Gel gar mutagene Substanzen, die mich am Ende tatsächlich in Michael Jackson verwandeln würden? Irgendetwas musste schief gelaufen sein. Ich wusste nur noch nicht, *was* – aber ich würde es herausfinden.

Die erste, und wie sich herausstellte, auch die letzte Station meiner Recherchen war der Hotel-Direktor. Ich traf ihn an der Rezeption und war froh, dass bis zum Mittagessen noch einige Minuten Zeit waren.

»Sie sehen gut aus«, begrüßte er mich mit hintergründigem Lächeln und gab mir die Hand.

Es fiel mir leicht, das Kompliment zu überhören, weil meine Gesichtshaut noch immer spannte und schmerzte.

»Hören Sie«, sagte ich empört, »hier muss ein Irrtum vorliegen!«

»Was für ein Irrtum?«

»Ich habe zwar vier Wochen Hotel gebucht, aber weder Tofu, Bircher-Benner noch Zwangs-Lifting mit Fesselung!«

»Fixierung«, korrigierte der Direktor und lächelte schon wieder. »Würden Sie mich bitte in mein Büro begleiten?«

Ich folgte ihm. Er setzte sich an seinen Schreibtisch und bot mir den Stuhl gegenüber an. »Sagen Sie mir Ihren werten Namen?«

»Krüger«, sagte ich. »Rolf Krüger.«

Er blätterte in einem dicken Ordner und murmelte Namen, von denen mir zumindest zwei bekannt vorkamen: »Angermann … Cyrus …« – und dann hellte sich sein Gesicht auf, weil er mich gefunden hatte: »Hier haben wir's. Krüger. Rolf Krüger.«

Er blickte mir ins Gesicht. »Vier Wochen?«

»Genauso ist es«, antwortete ich. »Vier Wochen Erholung im Berg-Hotel. Von Tofu, Lifting und Aloe-Vera-Saft war bei der Buchung keine Rede.«

»Sie irren sich«, sagte der Direktor bedauernd und legte mir einen Bogen Papier vor, auf dem ich meine eigenhändige Unterschrift erkannte. »Ihre Buchung. Vier Wochen Hotel.«

»Na also«, entgegnete ich.

»Mit Wellness-Pauschale«. Mein Gegenüber zeigte auf ein kleines, quadratisches Kästchen in dem Buchungsformular. Es gab keinen Zweifel. Ich hatte es – gedankenverloren offenbar, urlaubsbesessen – angekreuzt. Schwarz auf Weiß: Wellness-Programm inklusive. Ich hätte mich ohrfeigen können in diesem Moment. Aber das wäre nicht gut für meine angespannte Gesichtshaut gewesen.

»Ich mache Ihnen ein großzügiges Angebot«, sagte ich zu dem Direktor. »Ich verzichte auf die Wellness-Pauschale. Ohne Regress. Ich möchte nur Bergluft, Bier und hin und wieder ein Wiener Schnitzel.«

»Aber Herr Krüger«, meinte der Angesprochene tadelnd, »Sie sind doch ein gebildeter Mensch. Pacta sunt servanda. Verträge sind einzuhalten. Darauf legen wir in unserem Hotel großen Wert. Sie haben eine Leistung gebucht und bezahlt, und wir werden Sie in den kommenden vier Wochen erbringen. Darauf können Sie sich verlassen. Zum Beispiel heute Nachmittag ...« – er blätterte in einem anderen Aktenordner – »Spezial-Tiefenreinigung mit Fruchtsäure und als Extra noch Beinpeeling mit Fußwickel. Und jetzt ist es Zeit zum Mittagessen.«

Als ich das Büro verließ, hatte ich das Gefühl, meinen eigenen Haftbefehl unterzeichnet zu haben. Und ich vermutete: Wahrscheinlich war es vielen anderen Gästen auch so gegangen. Ahnungslos hatten sie ein winziges Kästchen angekreuzt, und nun saßen sie in der Falle.

Ich bekam von dem Mittagessen nicht viel mit. Weder konnte ich die Brennnessel-Suppe würdigen noch die Dinkel-Bratlinge auf Huflattich-Blättern.

Fruchtsäure, ging es mir durch den Kopf, und schon bei dem Gedanken begann mein Gesicht zu brennen. Fruchtsäure ... Was tun? Meinen Anwalt anrufen? Die UNO-Menschenrechts-Kommission? Jetzt rächte es sich, dass ich beim Einchecken leichtfertig mein Handy abgegeben hatte. Wegen schädlicher Magnetfelder, war die fadenscheinige Begründung gewesen. Oder abhauen? Aus dem Fenster des Speisesaals sah ich, wie sich eine Gruppe von Gästen, nach vier Wochen Hotel fürs Leben gezeichnet, zur Abreise fertig machte. Ein Page stand neben dem Shuttle-Bus und passte auf, dass kein Unberechtigter einstieg. Und die Umfassungsmauer war so hoch, dass sie ohne Hilfsmittel nicht überwunden werden konnte ...

In diesem Moment wurde mir klar: Ich war gefangen. Und ich war sicher, dass ich von nun an genauso müde, apathisch und grau aussehen würde wie die anderen Gäste auch.

In den nächsten Tagen staunte ich über mein Durchhaltevermögen. Die Spezial-Tiefenreinigung mit Fruchtsäure hatte ich ohne einen Schmerzenslaut über mich ergehen lassen. Außerdem überstand ich mannhaft die Bachblüten-Therapie sowie eine komplette Wirbelsäulen-Mobilisierung mit dem Aku-Touch-Point-Stift. Besonders stolz war ich auch darauf, eine Reflexzonen-Kopf-Maske im höllisch heißen Heu-Kraxen-Dampfbad ohne peinliche Zwischenfälle hinter mich gebracht zu haben. Einige Gäste hatten hierbei unwürdige Szenen verursacht und mussten deshalb in Handschellen zum Dampfbad gebracht werden, während sich in meinem Fall zwei muskulöse Pagen, die mich in ihre Mitte nahmen, als völlig ausreichend erwiesen. Manchmal fragte ich mich, wo die junge Frau geblieben war, die sich so vehement gegen ihre Behandlung gewehrt hatte. Ich hatte sie seitdem nicht mehr gesehen. Sie ging mir nicht aus dem Kopf.

Die Krise, mit der ich gar nicht mehr gerechnet hatte, kam am siebten Tag.

Schon beim Frühstück merkte ich, dass etwas mit mir nicht stimmte. Lustlos schlürfte ich an meinem Papaya-Mistel-Nektar und rührte mit dem Löffel gedankenverloren in einem Becher Kefir mit linksdrehender Milchsäure herum. Die Vormittags-Anwendungen – Collagen-Einschleusung mittels Shiatsu-Massage – hinterließen bei mir ein eigenartiges Gefühl der Gereiztheit, dessen Ursache mir unerklärlich blieb. Wahrscheinlich, vermutete ich später, gab es ein Fass in meiner Seele, dass nur noch weniger Tropfen bedurfte, um überzulaufen. Und der entscheidende Tropfen kam beim Mittagessen hinzu.

Es gab Bärlauchsuppe und als Hauptgang neuseeländische Grünlipp-Muscheln. Dazu wurden Hirsebällchen und ein Weidenröschen-Birkenblatt-Salat gereicht.

War es Wunsch, war es Halluzination? Der Speisesaal mit seinen schweigenden Gästen verschwamm vor meinen Augen und verwandelte sich in eine riesige Imbiss-Theke. Aus Porzellantellern wurden

Pappschalen. Die Hirsebällchen nahmen stäbchenförmige Struktur und goldbraune Färbung an – Pommes! Und was war mit den Grünlipp-Muscheln los? Auch sie veränderten ihre Form. Sie wurden länglich und rund ... etwas Rotes quoll aus ihnen heraus – unfassbar:

»Currywurst!«, hörte ich mich in den Saal brüllen. »Pommes! Ketchup! Mayo! Dosenbier!«

Die Gäste saßen wie erstarrt und schauten mich aus schreckgeweiteten Augen an. Nur die Serviererinnen tuschelten miteinander, bevor eine von ihnen Richtung Rezeption verschwand.

»Döner!«, rief ich laut, bevor ich wieder von vorne anfing: »Currywurst! Pommes!«

Plötzlich begann sich die Erstarrung in einigen Gesichtern zu lösen. Ein fast schon seliges Lächeln huschte über das Antlitz von Menschen, die mit Sicherheit seit Tagen und Wochen nicht mehr gelächelt hatten. Ich bemerkte, wie sich viele Lippen bewegten und ganz deutlich, wenn auch unhörbar, Worte formten.

»Nu-tell-a«, hauchte Frau Cyrus' roter Schmollmund.

Herr Angermann war noch kühner und artikulierte eindeutig »Schweins-ha-xe«.

Wohin man auch im Saal schaute, überall wurden Botschaften, lang angestaute Wünsche, ausgetauscht, ohne dass ein einziger Laut zu hören war.

»After-eight«, »Hirsch-gu-lasch«, »Pap-ri-ka-Chips«, »Mo-zart-ku-geln«, »Press-sack«.

Ein Band der Solidarität schien den Speisesaal zu durchweben und ich spürte, dass mancher Gast mit der lautlosen Artikulation seiner Sehnsucht bis an die Grenze seiner Widerstandsfähigkeit gegangen war. Eine unhörbares Aufbegehren hatte begonnen, das aber sofort in sich zusammensackte, als der Hoteldirektor mit zwei Pagen und einem glitzernden Metallgegenstand – Handschellen – auftauchte. Ich leistete keinen Widerstand.

Bevor ich aus dem Speisesaal geführt wurde, blieb mein Blick noch an einem Paar roter Lippen hängen, und sie verabschiedeten mich tatsächlich mit einem dahin gehauchten »Mon-Ché-rie«.

»Es kam einfach über mich«, sagte ich dem Direktor, als wir in seinem Büro saßen. »Aber ich bereue nichts.«

Der Direktor schien weniger erbost als traurig über mein Verhalten zu sein und ich war froh, dass er das Aufbegehren der anderen Gäste gar nicht mitbekommen hatte.

»Herr Krüger«, sagte er nur, »in jedem Hotel gibt es Benimm-Regeln. Bitte haben Sie Verständnis dafür, dass wir Sie in eine andere Abteilung verlegen müssen.«

»Sie können mich auch rausschmeißen«, bot ich an.

Er lächelte. »Sie wissen doch, Herr Krüger. Pacta sunt servanda. Sie haben vier Wochen bezahlt, und daran fühlen wir uns gebunden.«

»Wohin bringen Sie mich?«

»In die ReGä-Abteilung.«

Ich hatte Reggae verstanden und sah ihn fragend an.

»ReGä steht für renitente Gäste. Sie brauchen auf den gewohnten Service nicht zu verzichten, haben aber mehr Betreuungs-Personal. Ich denke, wir verstehen uns.«

Ich verstand. Man brachte mein Gepäck in ein anderes Zimmer, das nicht weniger komfortabel ausgestattet war, dessen Tür sich aber von innen nicht mehr öffnen ließ. Die Handschellen wurden entfernt. Ein Page servierte mir später das Abendessen. Auf dem Tablett lag der Behandlungs-Plan für die nächsten Tage. Dann wurde die Tür geschlossen und ich wusste, dass sie sich erst zum Frühstück wieder öffnen würde.

Mitten in der Nacht erwachte ich durch ein klopfendes Geräusch.

Ich knipste das Licht an und sah mich um. Das Klopfen ging weiter. Es schien aus der Wand neben meinem Bett zu kommen. Ich legte das rechte Ohr an die Tapete und horchte. Ein Specht? Ein Handwerker? Mitten in der Nacht? Eine Frechheit. Rücksichtslos. Das Klopfen nahm kein Ende. Mal gab es lange, dann wieder kurze Pausen zwischen den einzelnen Tönen. Kurz? Lang? Ich sprang aus dem Bett. Du Idiot, schimpfte ich mit mir, da morst jemand ununterbrochen, und du denkst nur an nächtliche Ruhestörung. Jemand will dir etwas mitteilen! Aber was? Der Zettel! Das Morsealphabet! Ich hatte es zwischen meine Oberhemden gelegt, und da lag es immer noch, trotz des unfreiwilligen Umzugs. Und nun kauerte ich auf dem Bett und hatte einen Bleistift samt Papier in der Hand und fühlte mich wie der Funker im Traum, der gute und böse Nachrichten empfängt.

Lang, kurz – lang, lang, lang – kurz, lang, kurz – kurz, lang. Mehrmals.

Ich verglich. Und plötzlich entstand auf meinem Zettel ein Wort: N-O-R-A.

Nora! Eine Frau! Kein Zweifel, im Zimmer neben mir war eine Frau gefangen, und sie wollte Kontakt mit mir aufnehmen. Wahnsinn.

Zum ersten Mal in meinem Leben sendete ich Morse-Zeichen. Das Funkgerät war mein Schuh-Absatz, mit dem ich gegen die dicke Wand trommelte: Kurz, lang, kurz – lang, lang, lang – kurz, lang, kurz, kurz – kurz, kurz, lang, kurz: R-o-l-f. Mein Name.

Ich hielt den Atem an und lauschte. War alles eine Sinnestäuschung gewesen? Ein Zufall? Schade. Der Name Nora gefiel mir – und bevor ich weiter grübeln konnte, klopfte es. Ganz deutlich. Ich nahm den Bleistift und schrieb mit:

H-a-l-l-o R-o-l-f, entzifferte ich.

H-a-l-o N-o-r-a, morste ich zurück und merkte erst danach, dass ich bei Halo ein L vergessen hatte. Es machte nichts. Die Antwort kam postwendend: Seit wann bist du hier?

Seit sieben Tagen.

Ich wunderte mich, wie einfach morsen war – wenn man nur *musste*.

Und Du?

Schon 12 Tage. Ich halte es nicht mehr aus.

Warum haben sie Dich eingesperrt?

Weil ich mich geweigert habe, zur Behandlung zu gehen. Und wegen der Tofu-Wuerfel war ich im Hungerstreik.

Und? Was ist passiert?

Die Klopfzeichen kamen jetzt nur zögernd zurück, als würden sie durch Schluchzen und Schnäuzen unterbrochen.

Zwangsernaehrung.

Nora machte eine lange Pause, und fügte dann hinzu: Pur-Erh-Tee. Teufelskralle.

Omega Drei Fettsäuren intravenös.

Jetzt musste ich pausieren, denn ich stellte mir vor, wie man Nora festgebunden hatte, um ihr diese furchtbaren Dinge und vielleicht noch viel mehr einzuflößen. Meine Fantasie arbeitete fieberhaft, als wäre ich gleich selbst an der Reihe: Mistel-Weißdorn-Elixier? Ginseng pur? Borretsch-Öl-Kapseln? Oder gar grüner-Haferstroh-Tee? Der Möglichkeiten waren viele …

Was kann ich fuer Dich tun?, morste ich, wohl wissend, dass meine Lage nicht viel besser als die ihrige war. Sie antwortete nicht.

Nora? Was ist los? Kannst Du mich nicht verstehen?

Die Antwort kam langsam, fast feierlich. Sie bestand aus genau sechs Buchstaben:

Flucht.

Wir sprachen die ganze Nacht miteinander – das ungewöhnlichste Gespräch, das ich je mit einem Menschen geführt habe. Als wir uns im Morgengrauen verabschiedeten, hatte ich einen Krampf im Unterarm. Außerdem war ich glücklich – trotz der Ungewissheit des vor uns liegenden Tages. Wir hatten alles geklärt, was zu klären war. Die beste Chance zur Flucht gab es gleich nach einer Anwendung, weil die Betreuer dann mit ihren Gedanken schon beim Feierabend waren. Außerdem ging beim Umkleiden zwangsläufig ein Teil der Übersicht verloren, was unseren Plänen entgegen kam. Nora und ich hatten uns die Nachmittags-Anwendung ausgesucht, weil wir dann in die Abenddämmerung hinein fliehen konnten. Wenn alles gut ging. Es gab viele Unwägbarkeiten. Viel zu viele: Würde man die Badetaschen durchsuchen, in denen wir Kleidung und feste Schuhe verstecken mussten? Was, wenn die Leiter des Gärtners nicht mehr achtlos an der Tanne in der Nähe der Umfassungsmauer lehnte? Und wann würde die Flucht entdeckt werden? Wie viele Minuten Vorsprung hätten wir? Oder nur Sekunden?

Mit solchen Gedanken fiel ich in einen unruhigen Schlummer, aus dem ich immer wieder hochschreckte, weil mich schlimme Albträume peinigten: Durch meine zusammengepressten Zähne hindurch wurde mir Lebertran verabreicht. Danach musste ich Salbeiblätter und Schafgarbenkraut essen, bevor man mich von oben bis unten mit Anti-Aging-Balsam einrieb.

Um halb acht wurde ich von einem GUTEN MORGEN ROLF geweckt.
Ich klopfte GUTEN MORGEN NORA zurück.
Ihr graute vor der Vormittags-Anwendung: Anti-Cellulite-Therapie mit Meerschlamm und Entgiftungs-Fußwickel in Thermofolie. Mir hingegen drohte eine Ölschiefer-Packung mit anschließendem Entschlackungs-Bad und Straffungs-Body-Shape. Gemeinsam morsten wir uns Mut zu und versprachen uns gegenseitig, allen Widrigkeiten zum Trotz bis zum Nachmittag durchzuhalten.

Als wir nach dem Frühstück – diesmal Lupinen- statt Zichorienkaffee – aus unseren Zimmern zur Anwendung geführt wurden, konnten wir uns ganz kurz sehen. Nora war mit ihren beiden Betreuerinnen schon fast am Fahrstuhl, als sie meine Schritte hörte und sich umdrehte. Ich erkannte sie sofort als die Frau, die am ersten Morgen meines Aufenthaltes Widerstand geleistet hatte. Ich reckte meine Fäuste, so weit es die Handschellen zuließen, nach oben und spreizte Mittel- und Zeigefinger zum Victory-Zeichen. Wir werden siegen.

Sie lächelte, bevor sich die Fahrstuhltür hinter ihr schloss. In diesem Moment wusste ich, dass ich sie liebte. Und während sich schwarzer Ölschiefer wie eine Zwangsjacke um meinen Körper legte, formte ich mit den Fingern immer wieder das V und murmelte leise dazu: »Wir werden siegen. Wir werden es schaffen.«

Was ich am allerwenigsten erwartet hätte: Während ich siegte, schlief ich ein. Irgendwann rüttelte mich ein Betreuer wach und sagte mir, dass es jetzt Zeit für das Entschlackungs-Bad sei.

Die Spannung stieg mit jeder Minute, mit der die Nachmittags-Anwendung näher rückte.

Unserem Vorhaben kam entgegen, dass wir uns im gleichen Nebengebäude befinden würden. Nora stand ein Hamambad mit Meersalz-Peeling und Entschlackungs-Öl bevor, während auf mich eine Reflexzonen-Maske mit Farb-Cocon wartete. Uns beiden war nicht wohl zumute – sowohl wegen der Flucht-Risiken als auch wegen der Anwendungen, die wir vorher überstehen mussten.

Diesmal sahen wir uns nicht, als wir ins Nebengebäude geführt wurden. Meine Betreuer waren ausgesprochen gut gelaunt und scherzten, als sie meine prall gefüllte Schultertasche sahen: »Sie haben wohl Ihre halbe Zimmereinrichtung eingepackt?«

Ich zwang mich zu einem Lächeln: »Mein Kopfkissen, falls ich bei der Anwendung einschlafen sollte.«

»Zeigen Sie doch mal her!« – dieser alle Pläne vernichtende Satz kam nicht aus dem Mund der Pagen, sondern aus meiner eigenen überhitzten Fantasie. Ich atmete tief durch und hatte trotzdem das Gefühl, mein Kopf würde platzen. Und wie ging es Nora?

Als ich regungslos unter meiner Reflexzonen-Maske lag, bildete ich mir ein, aus dem Nebenraum, wo die Hamambäder durchgeführt wurden, ein leises Ächzen zu hören. Nora … Vielleicht wurde sie gerade von einer muskulösen Bademeisterin durchgeknetet … Oder sie lag hilflos wie eine Sardine im Entschlackungs-Öl. Raus, dachte ich, nur raus hier … Die Zeiger der Uhr, die ich unter meiner Maske gar nicht sehen konnte, rückten vor, und der entscheidende Moment kam näher. Wir hatten per Morsealphabet vereinbart, dass jeder nach der Anwendung vom Umkleideraum aus zur angrenzenden Toilette gehen sollte. Dort gab es Fenster zum Park. Und dann musste alles sehr schnell gehen. Das Signal hieß: zehn Sekunden lang die Klospülung betätigen. Aus dem Fenster steigen. Zur Leiter rennen. Die Leiter an die Mauer lehnen. Hochklettern. Springen. Fliehen.

Es ging tatsächlich alles sehr schnell. Als Nora aus dem Toilettenfenster kletterte, hätte ich sie am liebsten umarmt. Aber uns blieb keine Zeit.

»Verdammt«, rief ich, als ich die Leiter bewegen wollte. Sie war schwerer als erwartet, und ich hatte mir einen Holzsplitter in den Daumen gerammt. Nora packte geistesgegenwärtig mit an. Es gelang uns, das Ungetüm keuchend zur Mauer zu schleppen. Als Noras Fuß die erste Sprosse berührte, heulte ohrenbetäubend eine Sirene auf.

»Sie haben uns entdeckt! Schnell hoch!«

Die Türen der Nebengebäude öffneten sich. Dutzende von Pagen und Betreuerinnen stürzten hinaus. Wir waren inzwischen auf dem Mauersims angekommen. Tief unter uns gähnte das Leutaschtal. Wir waren wahnsinnig. Wir fassten uns an den Händen.

»Halt! Stehen bleiben!«, bellte es in unserem Rücken. Ich spürte Noras Hand, ganz fest und ganz warm. Am Fuß der Mauer duckte sich eine Krüppelkiefer.

»Jetzt!«, sagte ich. Wir ließen uns los und sprangen.

»Verdammt«, rief ich, als ich neben Nora in dem Kiefernbusch gelandet war. Mein linker Fuß schmerzte mehr als alle Straffungs-, Lifting- und Peeling-Behandlungen der letzten Tage.

»Bist du verletzt?«, fragte Nora besorgt.

»Ich weiß nicht«, antwortete ich. Die Köpfe der Verfolger, die zwischen den Zinnen sichtbar wurden, ließen mir keine Zeit, den Fuß näher in Augenschein zu nehmen. Vielleicht ist das ja auch besser so, dachte ich.

Auf der Straße hörte man das Geräusch aufheulender Motoren. Es gab nur eine Chance: Wir mussten den Steilhang hinunter. Er war von losen Steinen bedeckt, zwischen denen sich wacker einige Krüppelkiefern hielten. Sie gaben uns Halt, wenn wir abrutschten, und, was genauso wichtig war, Sichtschutz vor unseren Verfolgern. Ihre Stimmen wurden leiser, und auch die Motorengeräusche verebbten, weil wir uns offenbar schon ein großes Stück von der Straße entfernt hatten. Wenn wir uns umdrehten, sahen wir zwischen den Kiefern das Hotel wie eine ferne, trutzige Burg liegen. Hatten wir etwa das Schlimmste geschafft?

Kaum war der Gedanke zu Ende gedacht, rief sich mein Fuß mit einem stechenden Schmerz in Erinnerung. Und hoch oben in der Luft hörte man ein Motorengeräusch, das genau wie mein Fuß langsam anschwoll.

»Ein Hubschrauber!«, schrie Nora. »Er kommt auf uns zu!«
»Hinlegen!«

Es nützte nichts. Sie hatten uns entdeckt. Zwischen den Kufen glitzerten zwei lange, glänzende Röhren. Maschinengewehre? Infrarotgesteuerte Raketen?

Ich hörte ein Geräusch, das tatsächlich wie ein Schuss klang. Im gleichen Moment spürte ich einen kurzen Schlag und meine Hand färbte sich rot. Der Hubschrauber drehte kurz ab, um dem felsigen Hang mit seinen Rotoren nicht zu nahe zu kommen. Diese Chance nutzten wir und stürzten uns halsbrecherisch talwärts, bis uns dichterer Kiefernbewuchs empfing und wir sogar eine überhängende Felsnase fanden, die uns vorläufig Sichtschutz bot.

Nora betrachtete meine Hand. Ich schaute zur Seite, weil ich kein Blut sehen konnte.

»Ist es schlimm?«, fragte ich sie.

»Komisch«, sagte sie nach einer kurzen Pause. »Das ist gar kein Blut. Das ist roter Ginseng! Sie haben mit Ginseng-Kapseln auf uns geschossen! Ginseng-Munition! Das muss man sich mal vorstellen! Und mit Schwarzkümmel-Öl.« Sie wischte sich eine schmierige Flüssigkeit aus dem Gesicht.

»Sie meinen es ernst«, murmelte ich kopfschüttelnd. »Sie wollen uns nicht aus ihren Klauen lassen!«

Wie zur Bestätigung kam der Hubschrauber zurück. Wir duckten uns, als wir das Klatschen der Rotoren hörten. Aber der Felsen machte uns unsichtbar. Ein rötlicher Laserstrahl züngelte suchend durch den Bergwald.

»Der Akupunktur-Laser«, flüsterte Nora. »Wie oft habe ich ihn auf meiner Haut gespürt! Aber diesmal geht er ins Leere.«

Irgendwann drehte der Hubschrauber samt Laser- und Ginseng-Kanone ab. Wir beschlossen, bis zum Einbruch der Dämmerung in unserem Versteck zu bleiben. Zu groß war die Angst vor einer erneuten Entdeckung. Nora packte kühle Erde auf meinen geschwollenen Fuß. Plötzlich alberten wir ausgelassen wie Kinder und fragten uns, ob der Fuß nun in einer Ölschiefer-Packung oder in selbsterwärmendem Meerschlamm steckte. Wir stritten uns sogar darüber – und lagen uns unversehens in den Armen. Wir küssten uns. Und während wir uns küssten, merkte ich, dass wir beide weinten.

Als die Sonne hinter den schneebedeckten Gipfeln verschwand, brachen wir auf. Mein Fuß tat höllisch weh. Nora musste mich stützen. Mühsam humpelte ich an der Seite meiner Schicksalsgefährtin bergab. Jedes unerwartete Geräusch ließ uns zusammenzucken, ein knackender Ast genauso wie ein fernes Motorengeräusch. Unsere Sinne waren überreizt – kein Wunder nach mehreren Tagen in der Strafkolonie.

Wir kamen nur langsam voran. Die Dunkelheit kroch unerbittlich aus den Tälern an den Bergflanken empor, auf denen noch ein schwacher rötlicher Abglanz des Tages sichtbar war. Bevor alle Konturen von der Nacht verschluckt wurden, erreichten wir einen Fahrweg, der am Ufer eines plätschernden Bergbaches entlanglief. Wir umarmten uns wortlos und machten noch einmal Rast. Ich kühlte den Fuß im eiskalten Wasser und trank gierig.

Inzwischen waren nur noch die Leuchtziffern unserer Armbanduhren zu sehen. Mit der Dunkelheit kam auch die Kälte. Wir mussten weiter. Der Weg schien endlos zu sein. Wir achteten nicht mehr auf die Zeit. Plötzlich hörten wir Geräusche. Wir wollten schon in der Wegböschung, oder dort, wo wir sie vermuteten, verschwinden, als wir Lichter sahen. Sie bewegten sich, immer paarweise. Autos! Eine Straße!

»Ich glaube, das war's«, sagte ich zu Nora und zog sie fest an mich. Sie zitterte.

Wir erreichten das Gasthaus um 22 Uhr. Es lag direkt an der großen Straße.

Die Leuchtreklame war noch eingeschaltet, und ein brummiger alter Mann öffnete uns.

»Ein Doppelzimmer für eine Nacht?«

»Bettwäschezuschlag«, brummte er. »Klo auf dem Flur.«

»Wunderbar«, sagte ich aus vollem Herzen.

»Haben Sie eine Wellness-Abteilung? Oder einen Beauty-Bereich?«, fragte Nora angstvoll.

»Wos hom's g'sogt?«, lautete die beruhigende Gegenfrage.

»Wir würden gerne noch etwas essen.« Mein Hunger hatte sich gemeldet.

Der Alte runzelte die Stirn. »Die Köchin hat schon lange Feierabend. Ich schau mal, was da ist …«

Er verschwand in der Küche und kam mit einem Anflug des Bedauerns auf dem Gesicht zurück:

»Tut mir Leid. Es gibt nur noch Currywurst. Und Pommes, wenn Sie wollen.«

Ich umarmte ihn. »Rot-weiß?«

Er eilte nochmals in die Küche. »Rot-weiß«, war die Antwort.

»Und zwei Bier.«

Wieder das ehrliche Bedauern in seiner Miene.

»Das Fassbier ist alle. Wir haben nur noch Dosenbier.«

Wir kamen uns vor wie im Traum. Wir tuschelten kurz miteinander.

»Drei Wochen«, sagte ich dem Wirt, als er die Bierdosen brachte. »Wir bleiben drei Wochen.«

Unser Urlaub konnte beginnen.

Oliver Metz
Das Geheimnis der siebten Nacht

Sehr geehrte Frau W,
Nach dem Verschwinden von Herrn M. sehen wir leider keine andere Möglichkeit, als Ihnen die im Zimmer verbliebenen, persönlichen Gegenstände, darunter auch einige an Sie gerichtete Briefe und Postkarten, zuzusenden. Eine genaue Auflistung liegt diesem Schreiben bei. Die Kosten für die acht Nächte, die Herr M. in unserem Hause verbrachte, wurden im Übrigen schon im Voraus bezahlt. Es fallen keine weiteren Kosten an. Es tut uns Leid, Ihnen keine weiteren Auskünfte über den Verbleib von Herrn M. machen zu können.

Mit freundlichen Grüßen,
(unleserlich)
i. A. der Direktion »Hotel Gasthaus Eichengrund«

Auflistung:

1 Reisetasche, darin: verschiedene Kleidungsstücke, 1 Paar Schuhe, Unterwäsche, 1 Stoffhase, Kulturbeutel mit Inhalt,
1 kleiner Rucksack, darin: 2 Bücher, 1 tragbares Kassetten-Abspielgerät inkl. Kassetten, Schreibutensilien, 1 Flasche Eau de Toilette,
sowie: 1 Wintermantel mit Schal, 1 silbernes Feuerzeug, 1 altes Fotoalbum, Briefe und Postkarten

Hotel Gasthaus Eichengrund, 5.11.2002
Meine Liebe!
Es ist schon recht spät, trotzdem (oder gerade deswegen?) will ich Dir noch ein paar Zeilen schreiben. Ich dachte, es könne ja nicht schaden, wenn ich Dir eine Art täglichen Rapport zukommen lasse ... auch wenn ich ihn nicht täglich abschicken werde, Du kennst mich ja. Aber schreiben kann ich ihn ja.
  Nach einem ziemlichen Chaos bin ich heute am frühen Abend (ich hätte eigentlich schon um 14! Uhr hier sein sollen) angekom-

men. Aber Du kennst das, die Bahn hatte getrödelt, ich habe den Anschluss verpasst, und so weiter … aber ich will nicht nörgeln. Herrn Vermeer werde ich ohnehin erst morgen treffen. Ich bin ja schon sehr gespannt, er scheint ein komischer Kauz zu sein. Aber da er dieses Treffen hier arrangiert (und es auch bezahlt) hat, scheint er wirklich Interesse zu haben.

Der Ort ist klein und grau, das Meer irgendwie nicht wirklich in der Nähe, und das Hotel ist alt und verwinkelt. Mein Zimmer liegt im dritten (obersten) Stockwerk, und ich glaube, ich bin der Einzige in dieser Etage … vielleicht auch der einzige Gast überhaupt. Wer hat schon Lust, hier im November herzukommen. Ich wette, wenn ich morgen aufwache, werde ich in finstre Nebelschwaden blicken, die sich dann in den nächsten drei Tagen auch nicht mehr auflösen werden. Na ja, auch schön. Und der Jahreszeit angemessen. Ich werde jetzt noch einmal vor die Türe gehen, und das Meer suchen. Hoffentlich begegnen mir keine Schimmelreiter …

Liebe Grüße,
O.

PS: Himmel, was war das denn!? Ich wollte eigentlich nur eine kleine Gute-Nacht-Zigarette vor der Tür rauchen, aber stattdessen bin ich durch den halben Ort gerannt! Einen Schimmelreiter habe ich zwar nicht gesehen, aber so weit entfernt davon war es auch nicht. Bin jetzt todmüde und werde Dir morgen berichten. Gute Nacht.

Hotel Gasthaus Eichengrund, 6.11.2002
Liebes!
Ich habe vielleicht komisch geträumt. Irgendwie habe ich in so einem klapprigen Wald gelebt. Die Bäume waren ganz dünn und kahl, und es war gar nicht so als sei man draußen, sondern in einer großen düsteren Halle. Ich hatte ein Lagerfeuer und eine rote Decke, auf die ich mich legen konnte, aber mein einziger Gedanke war, wenn mich jetzt jemand besuchen will, wo soll der klingeln, ich weiß ja noch nicht mal, wo hier die Tür ist. *Ja*, wirst Du sagen, *typisch, weil orientierungslos* und so weiter …

Aber das ist nicht das Einzige, was heute merkwürdig ist. Nach dem Frühstück (ich bin übrigens doch nicht der Einzige hier) habe ich ein Telegramm bekommen. Ich wusste gar nicht, dass es so etwas noch gibt! Es ist von Vermeer, er ist verhindert, kommt später, er telegraphiert (!), wann. Was für ein herrlicher Anachronismus. Es ginge natürlich auf seine Kosten. Ich habe also an der Rezeption nachgefragt, die nächsten vier Nächte sind schon bezahlt worden. Ich schätze, er muss als Verleger ziemlich viel durch die Gegend reisen, mir soll es recht sein, ich bin hier ja rundum versorgt.

So, jetzt die Geschichte von gestern. Ich muss gestehen, heute bei Tageslicht besehen schäme ich mich ein wenig für meine gestrige Aufregung. Aber bitte: Ich bin also noch einmal vor die Türe gegangen, um ein wenig frische Luft zu schnappen und eine Zigarette zu rauchen. Nach ein paar Schritten habe ich aber gemerkt, dass ich gar keine Streichhölzer in der Tasche hatte. Auch egal, dachte ich mir, da sah ich jemanden auf der anderen Straßenseite stehen, und ich dachte, ich frag mal nach Feuer. Gehe also hin und sehe erst, als ich ganz nah bin, dass es eine uralte Frau mit Kopftuch und einem schrecklich verhutzelten Gesicht ist. Es war mir ein wenig peinlich sie nach Feuer zu fragen, aber was hätte ich schon tun sollen, ich bin ja ganz gezielt auf sie zugelaufen. Also frage ich, und sie antwortet mit einer original Märchen-Hexenstimme: *Junger Mann, wenn sie mir die Taschen nach Hause tragen, kann ich Ihnen Feuer geben.* Und: *Ich heize meine Wohnung mit einem großen Kachelofen ein, da ist ordentlich Feuer drin.*

Na schön, dachte ich mir, bin ich mal nicht so und trage der alten Dame die Taschen nach Hause. Sie wackelt auch schon los, ohne dass ich eine Gelegenheit hatte, zu antworten, ich also mit den zwei Taschen hinterher. Die waren tatsächlich so schwer, als hätte sie Kieselsteine drin gehabt. Und ich habe es nicht geschafft, die Alte einzuholen! Immer, wenn ich sie fast erreicht hatte, bog sie um eine Ecke, und wenn ich um die gleiche Ecke kam, war sie schon wieder ein ganzes Stück voraus. Schließlich stand sie im Eingang eines finsteren, halb zerfallenen Hauses und wartete. Als sie merkte, wie ich mich mit den Taschen abmühte, schien sie sich zu freuen, und sie bat mich noch hinein. Ich lehnte ab, hatte ja gedacht, ich würde heute noch Vermeer treffen, also sagte sie: *Aber Feuer gebe ich Ihnen noch, warten Sie hier.*

Ich hatte nur kurz auf die Uhr geschaut (schon zwölf Uhr durch!), da war sie auch schon zurück und hielt ein altes silbernes Feuerzeug in der Hand.

Das ist für Sie, ich schenke es Ihnen, weil Sie so freundlich waren.

Ich war ganz baff und bedankte mich, da flüsterte sie noch: *Es wird Ihnen heimleuchten, falls Sie einmal abhanden kommen.* Ich war ein wenig verwirrt und habe so etwas gesagt wie: *Ich gehe nicht so schnell verloren.*
Aber da hatte sie die Türe schon geschlossen. Und dann ging es los: Ich konnte den Weg zurück zum Hotel nicht finden. In diesem winzigen Kaff! Immer wenn ich dachte, jetzt bin ich auf der richtigen Straße, machte die irgendeinen Knick und führte sonst wohin, aber nicht zum Hotel. Und immer, wenn ich ganz sicher war die richtige Straße erwischt zu haben, landete ich vor einem alten Haus mit zwei Säulen und einer großen Steinkugel im Garten. Und kein Mensch war unterwegs, den ich hätte fragen können. Fast eine Stunde hatte ich gesucht, bis ich eine merkwürdige Spelunke fand, die sogar noch geöffnet hatte. Ich also mutig hinein und frage den Wirt nach dem Hotel, da lacht der mich richtig aus und sagt, das Hotel sei doch vor Jahren schon abgebrannt. Haha. Ich frage noch einmal, aber es ist aus niemandem etwas herauszubringen. Alle glotzen mich bloß an, als wäre ich nicht ganz dicht. Ich wieder raus und traue meinen Augen kaum: Schräg gegenüber von der Pinte zweigte die Straße ab, die ich suchte. Das Hotel war nicht einmal fünf Minuten von der Kneipe entfernt.

Vielleicht habe ich deshalb auch so merkwürdig geträumt. Aber das alte Feuerzeug ist wirklich wunderschön, ich bin gespannt, was Du dazu sagst.

Also, ein ganzer (inzwischen sogar ein wenig sonniger) Tag liegt noch vor mir. Ich werde mir diesen labyrinthischen Ort mal bei Tageslicht besehen. Mal sehen, ob ich das Haus mit den zwei Säulen im Garten finde ... da spukt es bestimmt!!

Sei lieb umarmt,
O.

Hotel Gasthaus Eichengrund, 7.11.2002

Meine Liebe!
Heute mal keine besonderen Vorkommnisse! Aber was nicht ist ... und so weiter ...
Ich habe also gestern mal den Ort hier auskundschaftet und fürchte, ich kann nur Unspektakuläres berichten. Ein Marktplatz

mit Kirche, ein Abzweig des Hafens geht direkt bis in die Ortsmitte, drum herum ein paar Kneipen und ein recht kurioser Trödelladen (der aber bis morgen zu hat, ich bin schon sehr gespannt, was da drin alles so wartet, entdeckt zu werden), die üblichen Geschäfte, Metzgerei mit Mittagstisch, Fischgeschäfte, ein sehr gemütliches Café, in dem jede Wand gänzlich mit Bildern behängt ist. Alles in allem ein hübsches kleines Städtchen. Das merkwürdige Haus mit den zwei Säulen im Vorgarten habe ich auch gefunden, es liegt am Ortsrand in einer etwas heruntergekommenen Gegend und sieht ganz unbewohnt aus. So eine typische Gründerzeitvilla, finster und verwildert, die Fenster blind und alle Vorhänge zugezogen. Du kennst mich, am liebsten wäre ich durch die Hintertüre eingestiegen und hätte mich ein wenig umgesehen ... vielleicht mache ich das noch, mal sehen.

Von Vermeer im Übrigen keine Spur. Aber es ist seltsam, ich hatte fast das Gefühl, ich hätte ihn heute hier auf der Straße gesehen. Ich weiß ja nicht wirklich, wie er aussieht, bis auf ein Foto, das ich einmal in der Zeitung gesehen habe. Aber als ich heute Nachmittag an der merkwürdigen Kneipe vorbeilief (wo ich nachts nach dem Hotel gefragt hatte), kam da ein Mann heraus, der wirklich so aussah wie Vermeer auf dem Zeitungsfoto. Ich wollte schon winken und mich vorstellen (der weiß ja wiederum nicht, wie ich aussehe), aber dieser Mann sah mich so durchdringend und kalt an, dass ich keinen Ton rausbrachte. War wohl auch besser so, denn als ich im Hotel fragte, ob Vermeer angekommen sei oder sich gemeldet habe, wussten die von nichts. Er kann es also nicht gewesen sein. Er ist auch heute nicht aufgetaucht. Mir soll es recht sein, ich habe genug zum lesen dabei, und irgendwie übt dieser Ort eine merkwürdige Faszination auf mich aus. Alles ist so wunderbar vergilbt und düster, wie in einer versunkenen Stadt, die längst nicht mehr existiert. Ich könnte stundenlang durch die Sträßchen laufen und Menschen beobachten, die in dunklen Hauseingängen verschwinden oder an irgendwelchen Ecken beieinander stehen und tuscheln. Es wirkt alles so verabredet.

Also, ich werde Dich auf dem Laufenden halten (falls V. auftaucht oder ich mir das Spukhaus mal von innen angesehen habe ...)

Fühle Dich umarmt von
O.

PS: Jetzt fällt mir doch noch etwas Komisches ein: Letzte Nacht bin ich plötzlich wach geworden und hatte das absolute Gefühl, jemand ist im Zimmer. Nicht, dass ich irgendetwas gehört oder geträumt habe, ich bin ganz plötzlich wach geworden mit Herzrasen und atemlos und mit dem dringenden Gefühl, dass bis zu dieser Sekunde jemand am Fußende des Bettes gestanden hat. Aber meine Tür war zu, von innen verriegelt, und die andere Tür, die in ein Zimmer führt, das wohl ohnehin nur von meinem Zimmer aus zu erreichen ist, die ist sowieso zu. Aber zu dieser Tür und dem Zimmer dahinter morgen mehr.

Hotel Gasthaus Eichengrund, 8.11.2002
Liebes!
Du wirst schon denken, ich werde paranoid, aber heute, nach einer weiteren SEHR kuriosen Nacht, liefere ich den gestern versprochenen Lageplan der dritten Etage hier im Hotel. Also: Wenn Du die Treppe hinaufkommst (oder aus dem Aufzug trittst), streckt sich der Flur gleichermaßen nach rechts und links. Auf der Treppenhaus-Seite geht alles nach Plan, Zimmer 301 bis 304, zwei links, zwei rechts, und neben dem Aufzug eine alte Toilette, die aber nur noch als Putzraum verwendet wird. Jetzt die andere Seite: Am linken Ende des Flures liegt mein Zimmer, 309, neben meinem Zimmer gibt es ein Zimmer, das man nur durch mein Zimmer erreichen kann, im Flur steht an Stelle der Zimmertür ein breites Bücherregal mit alten Büchern, die vermutlich irgendwelche Gäste liegen gelassen haben. Daneben, schräg gegenüber von Treppe und Aufzug eine Wäschekammer, dann nach rechts hin Zimmer 307, 306, 305. Wenn Du aufgepasst hast, wird Dir aufgefallen sein, dass 308 fehlt. Es kann nur mein Nachbarzimmer sein und dazu die folgende Geschichte: Gestern Abend, kurz vor dem Schlafengehen, ist mir ein Missgeschick passiert: Ich hatte mir eine Flasche Wein mit auf das Zimmer genommen (diese fast leer getrunken …), und mir ist ein halb volles Glas Rotwein vom Nachtschränkchen in das Bett gekippt (lach nicht!). Ich dachte: Halb so schlimm, ich werde mal in der Wäschekammer nach Kopfkissenbezug und Laken sehen, und dann morgen dem Zimmermädchen mein Malheur gestehen. Ich schleiche also barfuss und im Schlafanzug über den Flur (ich bin übrigens wirklich nach wie vor der einzige Gast auf dieser Etage), und zum Glück ist die Kammer mit der Wäsche auch

nicht abgeschlossen. An der linken Wand finde ich einen riesigen alten Schrank, und während ich da stehe und nach den entsprechenden Wäscheteilen suche, höre ich es, hinter dem Schrank aus dem Zimmer, das nur durch mein Zimmer erreicht werden kann. Erst ein Rascheln wie von Papier, und ich denke noch: Mäuse. Aber dann ein leises Heulen, erstickt, wie durch Watte, als wäre dort ein Tier eingesperrt, oder noch Schlimmeres. Mit einem Schlag war ich nüchtern und augenblicklich fuhr mir die Angst in den Rücken, ich konnte sie physisch spüren, die Füße sind mir auf dem Dielenboden festgefroren, ich konnte mich nicht mehr rühren, habe nur noch diesem Jammern und Seufzen gelauscht. Ein Riese hätte mich da einfach abpflücken können, ich hätte keinen Pieps rausgekriegt. Irgendwann habe ich mich beherrscht, habe mir ein paar der Wäscheteile gegriffen und bin wieder in mein Zimmer gegangen, die Panik im Rücken. In meinem Zimmer lief noch der Fernseher, ich habe die Tür abgeschlossen, mit größter Überwindung kontrolliert, ob auch die Tür zu dem geheimnisvollen Zimmer nebenan geschlossen ist, erst dann habe ich das Bett neu bezogen und den Fernseher ausgeschaltet. Du kannst Dir nicht vorstellen, wie leise ich mich danach bewegt habe. Ganz vorsichtig habe ich mein Ohr an die Tür zum Nachbarzimmer gelegt und gelauscht. Nichts. Absolut nichts. Nur mein eigener Atem. Ich habe mich ins Bett gelegt, habe das Licht angelassen (Du lachst ja schon wieder) und bin erst Stunden später eingeschlafen. Ständig hatte ich im Halbschlaf das Gefühl, da steht jemand am Fußende meines Bettes und beobachtet mich.

Heute Morgen habe ich mir dann noch vor dem Frühstück die Rückseite des Hauses angesehen, wo ja auch mein Zimmer liegt. Also: Jedes Zimmer hat zwei schmale Fenster, das heißt von links betrachtet 2 und 2 und 2. Dann eine kleine Lücke und ein halbrundes Fenster (die Wäschekammer), dann eine leere Fläche, ein schmales Fenster und schließlich meine zwei Fenster. Das merkwürdige Zimmer hat also nur ein Fenster. Oder sind es etwa zwei kleine Räume, von denen einer (der neben der Kammer) gar kein Fenster hat? Du siehst, Rätsel über Rätsel, und ich mittendrin. So im Sonnenschein sieht ja alles ganz harmlos aus, aber wenn es dunkel ist ...

Von V. kam heute wieder ein Telegramm, ich solle mich nicht sorgen, alles liefe planmäßig. Was genau er mit *alles* und mit *planmäßig* meint, hat er jedoch nicht telegraphiert. Na, ich bin gespannt, was er erzählen wird.

Jedenfalls habe ich gerade mit den anderen Gästen gefrühstückt (zwei schrullige alte Damen, die nie ein Wort wechseln, eine Art Hochzeitsreise-Pärchen, einem Geschäftsmann mit rosa Gesicht, der aber sehr freundlich ist, und eine Hand voll andere Leute), und jetzt mache ich mich doch einmal auf die Suche nach dem Meer.

Liebe Grüße,
O.

Hotel Gasthaus Eichengrund, 8.11.2002
Liebes,
heute noch ein Brief, da der andere schon zugeklebt ist (und noch nicht abgeschickt, jaja, ich werde gleich beide Briefe in den Kasten an der Rezeption werfen).

Und auch ganz kurz, mach Dir selbst einen Reim draus, ich verstehe schon längst nicht mehr, was hier geschieht.

Ich war nach dem Frühstück (und nachdem ich Dir den ersten Brief geschrieben hatte) in dem Trödelladen, von dem ich Dir erzählt habe. Du würdest diesen Laden lieben, er ist riesig, verteilt sich über mehrere Etagen und Hinterhöfe und ist von oben bis unten voll gestopft mit unglaublichem Kram. Im Keller unter dem Hinterhaus lag zum Beispiel auf einem riesigen Haufen undefinierbaren Gerümpels ein ganzes ausgestopftes Krokodil. Und unheimlich! Ich war zunächst ganz alleine dort, am Eingang saß die Inhaberin, sonst niemand, nur überall diese Holzmasken, die einen anstarren. Und dann sehe ich ihn, diesen Vermeer-Doppelgänger. Ich stehe an einem Bücherregal und blättere so herum, da sehe ich ihn im Nachbarraum. Er stand mit den Rücken zu mir, und doch habe ich ihn sofort erkannt. Ich ging um das Regal herum und beobachtete ihn durch die Bücherreihen. Auch er blätterte in einem großen Buch, ich wollte zu gerne wissen, was er sich so genau ansah. Dann, als fühlte er, dass ich ihm in den Rücken starrte, drehte er sich um und sah herüber. Ich war ja zum Glück hinter dem Bücherregal versteckt, aber mir ist siedend heiß geworden. Er legte das Buch weg und verschwand, und ich wartete noch einen Augenblick, um mir dieses Buch endlich auch ansehen zu können. Es war ein Fotoalbum, und als ich es mir näher ansah, wurde mir wirklich flau. Es war eines dieser ganz alten Alben, die Fotos schwarz-weiß und vergilbt, mit diesen gezackten weißen Rändern. Ich wollte es schon wieder weglegen, da bemerkte ich eines der Bilder auf der von V. aufgeschlagenen Seite. Und, ob Du es glaubst oder nicht, es war ein Bild von mir! Aber keines von heute, sondern ein uraltes Foto, vielleicht 70 oder 80 Jahre alt. Ich trage einen Frack, habe einen Stock in der Hand, so eine Art Zylinder auf dem Kopf, schaue ein wenig gequält-freundlich drein und stehe zwischen den Säulen im Garten dieses merkwürdigen Hauses!! Noch Fragen? Ich habe mir das Album gegriffen, bin hinter Vermeer hergelaufen, konnte ihn aber nicht einholen, er war irgendwo verschwunden. Die Besitzerin des Ladens konnte mir auch nichts sagen, sie meinte, sie hätte ihn heute zum ersten Mal gesehen. Jedenfalls habe ich das Fotoalbum gekauft, Du kannst es Dir ansehen und Dich davon überzeugen, dass ich nicht verrückt oder paranoid bin. Ich habe mich mit dem Album in das schöne Café gesetzt und mir die anderen Bilder angesehen. Nichts Auffälliges. Mal sehen, was ich heute Nacht träume ...

Ich drücke Dich ganz fest,
O.

PS: Preisfrage: Was habe ICH mit diesem Haus zu tun? Und: Ist das wirklich Vermeer und wenn ja, WAS will er??

Hotel Gasthaus Eichengrund, 9.11.2002
Hallo Liebes!
Ich weiß gar nicht, wo ich heute anfangen soll!

Fast vier Tage bin ich jetzt hier, und von Vermeer gibt es immer noch keine Spur. Hier im Hotel weiß niemand etwas, es kennt ihn auch keiner oder kann etwas von ihm erzählen. Aber dieses Hotel wird mir auch zunehmend suspekt ...

Du weißt schon, das Zimmer. Du wirst es nicht glauben, aber ich habe in der letzten Nacht herausgefunden, wo der andere Zugang zu diesem Zimmer liegt.

Ich war gestern Abend noch im Kino, um auf andere Gedanken zu kommen, und habe mir so einen albernen Film mit Stallone angesehen. Und der Film war wirklich so schlecht, dass ich auf dem ganzen Weg zum Hotel an nichts anderes gedacht habe als an diesen Hau-drauf-Schwachsinn.

Im Zimmer habe ich dann noch ein wenig im Fernsehen herumgeknipst, Zähne geputzt, und dann habe ich meinen obligatorischen Sind-alle-Türen-zu-Rundgang gemacht. Und die Tür zu meinem Nachbarzimmer war NICHT zu. Kannst Du Dir vorstellen, wie weich meine Knie geworden sind? Natürlich bin ich hineingegangen, was weiß ich, vielleicht hatte das Zimmermädchen die Tür nicht wieder verschlossen, ich wusste ja noch immer nicht, was sich in diesem Zimmer befindet. Aber es war leer. Ein großes leeres Zimmer, nicht zwei kleine Zimmer, wie ich einmal vermutet hatte. Aber dann habe ich gesehen, dass sich im Boden eine Falltüre befindet, auf dem Deckel das Bild einer roten Schlange mit vier Köpfen.

NATÜRLICH habe ich sie geöffnet. Und natürlich bin ich hinabgestiegen, eine Kerze und das silberne Feuerzeug in der Hand. Meine Jacke und den Zimmerschlüssel habe ich leider nicht mitgenommen, ich dachte die Treppe führt vielleicht in den Keller, aber nicht viel weiter. Aber nein, nach endlos vielen Stufen abwärts endete die Treppe in einem schmalen Backsteingewölbe-Gang, dem ich dann auch gefolgt bin. Da unten war es fast warm, ganz stickig und muffig. Ich hatte schon Angst, mit der Kerzenflamme irgendetwas in die Luft zu jagen, aber es ist nichts passiert. Der Gang war nahezu endlos lang, und er bog mal rechts und mal links ab, verzweigte sich aber zum Glück nicht. Ich war so schon aufgeregt genug, ich konnte wirklich darauf verzichten, mich da unten auch noch zu verlaufen.

Irgendwann stieß ich dann wieder auf eine Wendeltreppe, die aufwärts führte. Ich stieg also hinauf und landete in einem wirklich finsteren und modrigen Keller. Himmel, ich hatte wirklich Angst, aber ich bin ja nicht den ganzen Weg durch die Erde gekrochen, um dann wieder umzukehren. Also habe ich mich ein wenig umgesehen und auch bald die Treppe hinauf ins Erdgeschoss gefunden. Ich hatte es mir schon gedacht, das Haus schien unbewohnt zu sein.

Während ich überlegte, was ich machen soll, fiel mein Blick durch das Fenster in den Vorgarten, und da wurde mir heiß und kalt zugleich, denn auf der Wiese vor dem Haus konnte ich in der Dunkelheit zwei Säulen und eine Steinkugel erkennen. Und im gleichen Augenblick sehe ich, dass im Schatten auf der anderen Straßenseite jemand steht und hinüberschaut. Wer auch immer das war, er MUSS das Licht meiner Kerze gesehen haben, auch wenn es ganz funzelig war. Ich bin rückwärts zu der Kellertreppe zurückgeschlichen, habe kaum geatmet. Über die Straße konnte ich wirklich nicht zurück zum Hotel gehen, ich hätte es nicht gewagt, dem Schatten dort zu begegnen. Ich bin sicher, es war Vermeer. Also bin ich den ganzen Weg durch den Tunnel zurückgehastet, die Treppe wieder hinauf, Klappe zu und in mein Zimmer. Das Schlimmste war, ich konnte die Tür zum Nachbarzimmer ja nicht verschließen.

Ich habe kaum geschlafen. Sobald ich die Augen zugemacht habe, sah ich das Bild von der Schlange mit den vier Köpfen, die sich langsam, langsam hebt, eine Hand, die sich durch den Spalt schiebt und den Boden entlang tastet, sucht ...

Soll ich abreisen? Vermeer meldet sich nicht, noch nicht einmal per Telegramm, und ich weiß auch nicht, wo ich ihn erreichen kann. Wenn ich diesen Doppelgänger noch einmal sehe, spreche ich ihn an, so geht das ja nicht weiter.

Liebes, ich hoffe, Du machst Dir nicht allzu große Sorgen! Es ist schon sehr merkwürdig und spannend hier.

Also, ich halte Dich auf dem Laufenden,

Liebe Grüße,
O.

9. 11. 2002
Hallo!
Diese Postkarte habe ich übrigens auch in dem netten Trödelladen gekauft. Ich schätze, sie ist so ungefähr von 1900, da war dieser Ort hier ein florierendes Kurbad. Die meisten der vorne abgebildeten Attraktionen gibt es nicht mehr. Oben links, das ist übrigens das alte Hotel, der Vorgängerbau des Hotels, in dem ich jetzt wohne. Es ist im November 1912 unter ungeklärten Umständen bis auf die Grundmauern niedergebrannt. Seltsam? Seltsam!

Gruß,
O.

Hotel Gasthaus Eichengrund, 9.11.2002

Hallo Liebes!
Der guten Dinge sind drei, deshalb heute noch ein Brief von mir.
Nun, Du wirst es Dir schon gedacht haben, ich war noch einmal in dem Haus. Wenn es schon so eine praktische Möglichkeit gibt, dorthin zu gelangen, warum denn nicht ...
Ich habe dem Zimmermädchen gesagt, dass ich mich nicht wohl fühle, sie brauche heute nicht in meinem Zimmer für Ordnung zu sorgen, habe mich nach dem Frühstück im Zimmer eingeschlossen (habe sogar noch das »Bitte nicht stören«-Schild an die Klinke gehängt), habe den für heute ersten Brief und die Karte an Dich geschrieben und dann noch ein wenig geschlafen. Die Tür zum Nachbarzimmer hatte ich offen gelassen und auf die Klappe der Falltür eine leere Flasche gestellt, sicherheitshalber ...
Am frühen Nachmittag bin ich dann los. Ich ärgere mich doch SEHR, dass ich meinen Fotoapparat nicht dabei habe, aber wer hätte das auch ahnen können!?
Ich bin also mutig und mit Kerze noch einmal durch den finsteren Gang geschlichen und auf der anderen Seite in dem alten Haus herausgekommen. Aber so Leid es mir tut, hier gibt es nicht viel zu berichten. Der Keller ist riesig und ich habe mir nicht alles so genau angeschaut. Hier und da steht ein wenig Gerümpel herum, wie überhaupt im ganzen Haus. Es gibt über dem Erdgeschoss noch einen ersten Stock und einen Dachboden, zum Garten hin einen wunderschönen Wintergarten mit alten bunten Glasscheiben. Das einzig Merkwürdige: Im Erdgeschoss gibt es einen Raum, der größer ist als alle anderen Räume und der genau in der Mitte des Hauses liegt, also keine Fenster hat. Eine Abstellkammer kann das nicht sein, dafür ist dieser Raum viel zu groß. Hier habe ich mich dann doch einmal kurz erschrocken, denn an der Wand, die der Tür gegenüberliegt, habe ich im Schein meiner Kerze das Bild entdeckt, das auch die Klappe der Falltür in meinem Nachbarzimmer ziert: die rote Schlange mit den vier Köpfen.
Auf meinem Heimweg durch den Gang habe ich mich gefragt, warum es eine Verbindung zwischen diesem alten Haus und dem Zimmer im Hotel gibt. Und ob es diesen Geheimgang schon vor dem Brand gab, oder ob er erst danach angelegt worden ist.
Ich habe mich erkundigt, das Hotel, so wie es jetzt hier steht, ist kurz vor dem Ersten Weltkrieg fertig geworden, in der Eingangshalle hängt ein altes Foto von der Einweihungsfeier. Habe im Fotoalbum noch einmal ganz aufmerksam studiert, aber mir ist immer

noch nichts aufgefallen. Unter einem Bild, das zwei mir völlig fremde Personen zeigt steht: *Lilis Verlobung, 1912.* Das war also ziemlich wahrscheinlich noch vor dem Hotelbrand. Vielleicht ist das Bild ja bei Feierlichkeiten im alten Hotel aufgenommen worden, man kann aber nichts erkennen. Und wenn schon.

Ich gehe jetzt etwas essen, ich habe bei meinem Spaziergang durch die Stadt neulich ein thailändisches Restaurant entdeckt. Vielleicht gehe ich noch einmal an dem alten Haus vorbei. Ich werde das Gefühl nicht los, dass da noch irgendetwas auf mich wartet.

Bis bald,
O.

Hotel Gasthaus Eichengrund, 10. 11. 2002
Liebes!
Was ich letzte Nacht geträumt habe? Du willst es wirklich wissen?

Ich habe vor dem Schlafengehen wieder die Klappe der Falltür mit einer leeren Flasche gesichert (ich habe mir eingebildet, ich würde NICHT vor Angst sterben, wenn ich davon wach werde, dass diese Flasche mit Getöse umfällt ...)

Dann bin ich irgendwann eingeschlafen und habe von dem alten Haus geträumt. Ich stand im Garten vor dem Haus, und es war Frühling. Die Bäume neben dem Haus blühten, und mir war bewusst, dass ich nicht erwachsen, sondern ein Kind war. Dann lief ich durch das Haus, alles war altmodisch und prachtvoll eingerichtet. Ich habe irgendetwas gesucht, wusste aber selbst nicht, was. Schließlich stand ich vor der Tür zu dem großen Zimmer in der Mitte des Hauses. Ich wusste, dass ich das Zimmer nicht betreten darf, ich durfte es unter keinen Umständen, und doch dachte ich, vielleicht ist ja da drin gerade das, was ich suche. Ich streckte die Hand aus, um den Türknauf zu drehen, doch kurz bevor ich ihn erreichte, sprang die Tür von selbst auf und ich bin mit einem riesigen Schreck und Herzrasen aufgewacht. Ich habe das Licht angemacht und gesehen, dass im Nachbarzimmer die Flache umgefallen war. Tja.

Mehr davon? Bitteschön:
An meinem Frühstücksplatz lag wieder ein Telegramm von V. Er entschuldige sich, könne jetzt aber zusagen, morgen Abend hier zu

sein. Na schön. *Wenn er nicht schon längst hier herumspukt,* habe ich gedacht.

Dann habe ich versucht, von der Besitzerin des Trödelladens ein wenig mehr über das Hotel und das alte Haus herauszubekommen, und das war recht ergiebig. Sie konnte mir zwar nicht viel erzählen, hatte aber in ihrem Laden eine fünfbändige Chronik mit der Geschichte dieser Stadt und der umgebenden Gemeinden, die für die Jahre 1880 bis 1930 ziemlich lückenlos ist. Hier die wichtigsten Ergebnisse meiner Nachforschungen:

Das Hotel, das mehrfach den Namen gewechselt hat, hieß zuletzt, also bevor es abgebrannt ist, »Kurhotel zum roten Löwen«. Das ist noch nicht so spannend. Aber interessant ist zum Beispiel, dass der Direktor des Hotels sich eine luxuriöse Villa bauen ließ (ja, genau DIESES Haus), und das war 1901, da hieß das Hotel noch »Kurhotel Nordstrand«. Er hat dann den Namen geändert, doch danach schien es bergab zu gehen. Es kam zu merkwürdigen Zwischenfällen, allein in den Jahren 1905 bis 1910 sind in dem Hotel 11 (!) Menschen spurlos verschwunden. Keiner der Fälle konnte geklärt werden.

Vor dem Brand muss es einen Raum in dem Hotel gegeben haben, wo alle Sachen aufbewahrt wurden, die diese unglückseligen Menschen in ihren Zimmern hinterlassen hatten. 1911 ist es hier zu einem spektakulären Prozess gekommen, eine sektenähnliche Verbindung mit dem Namen »Ordo Sanguinis« wurde gerichtlich aufgelöst. Man hatte sie mit dem Verschwinden der Personen im Hotel in Verbindung gebracht, ihnen jedoch nichts nachweisen können. Der Vorsitzende dieser Sekte? Unser braver Hoteldirektor! Man hatte bei verschiedenen Hausdurchsuchungen allerhand finstere okkultistische Schriften und Gebrauchsgegenstände mit fragwürdigem Verwendungszweck gefunden, aber keinen Hinweis auf ein Verbrechen.

Nach dem Brand im November 1912 ist der Besitzer des Hotels dann selbst verschwunden, er hat keine Spur hinterlassen, nur eine Tochter. Und die hat dann das Hotel geleitet und auch bis zu ihrem Tod in dem Haus gelebt. Zuletzt hat sie wohl nur noch das Erdgeschoss bewohnt, konnte sich kaum noch bewegen und hat zwischen Spinnweben und monströsen Wollmäusen ein trostloses Dasein gefristet. Das hat mir dann übrigens die Trödelfrau erzählt. Seit ihrem Tod steht das Haus leer, die Erbfrage scheint ungeklärt zu sein, denn die Alte hatte keine Kinder, aber eine uneheliche Schwester und so weiter und so fort …

Aber: Es will wohl auch keiner in dieses Haus einziehen! Es heißt, dort ginge es nicht mit rechten Dingen zu. Man erzählt sich, dass der alte Direktor noch immer lebt und in einem verborgenen Zimmer in diesem Haus wartet und lauert …

Na, wenn das kein Recherche-Ergebnis ist! Es gibt einen Geheimgang zwischen Hotel und Villa des Direktors, Menschen verschwinden spurlos, eine Psycho-Sekte fliegt auf, ein Erbe soll irgendwo existieren, aber keiner weiß, wo. Und irgendwie will keiner so richtig mit dieser Geschichte zu tun haben.

Und jetzt? Ich hatte schon vor, das Hotel zu wechseln, oder wenigstens das Zimmer. Aber jetzt ist mir diese Geschichte doch zu spannend.

Mach Dir bitte keine Sorgen, ich bin ja bald zurück (übermorgen um genau zu sein, länger lasse ich mich von Vermeer auch nicht vertrösten!).

Also, ich drücke Dich von ferne und werde den Brief gleich hinunter bringen …

Kuss,
O.

11.11.2002

Hallo!

Ein kleines Postkärtchen mit einer pikanten Information:

Die alte Dame, die Tochter des Hoteldirektors, war wohl vor dem Krieg verheiratet. Nachdem ihr Mann jedoch gefallen war (amtlich »verschollen«), hatte sie seinen Namen inoffiziell wieder abgelegt. Dennoch hieß sie amtlich bis zu ihrem Tod mit Nachnamen Vermeer, nur hat keiner sie so genannt. Alle haben sie hinter der Hand ›Die Witwe‹ genannt, sie hat wohl auch nie wieder geheiratet. Das hat mir das Zimmermädchen erzählt, sie selbst sei erst nach dem Tod der Witwe eingestellt worden. Vorne (Pfeil!) siehst Du übrigens das Dach des Hotels, wie es jetzt aussieht. Bis morgen, ich freue mich,

O.

Hotel Gasthaus Eichengrund, 11.11.2002

Liebes!

Ich sitze schon seit Stunden auf meinem Zimmer, weil ich denke, vielleicht kommt V. ja doch etwas früher. Ich könnte ja einen kleinen Spaziergang im Tunnel machen, haha.

Ich kann Dir ja zur Unterhaltung noch meinen letzten Traum erzählen:

Ich bin wieder in dem alten Haus, natürlich. Es ist wie eine Art Kriminalfilm, ich jage einen Verbrecher durch alle Zimmer, bekomme ihn jedoch nicht zu fassen. Da sagt die Bewohnerin des Hauses zu mir, sie hätte ihn gefangen, und zwar in dem großen Zimmer in der Mitte des Hauses. Ich öffne die Tür zu diesem Zimmer und sehe, dass in der Mitte des Raumes kein Verbrecher, sondern ein Geist steht. Er ist hager und hat ein rot glühendes Gesicht. Er steht unbeweglich da und starrt mich an. Da sagt die Frau zu mir, ich könne ihn unschädlich machen, indem ich ihm mit einer großen Feder auf den Kopf schlage. Sie reicht mir eine Straußenfeder, und ich schlage ihm damit auf den Kopf, woraufhin er Stück für Stück im Boden versinkt. Nachdem auch sein Kopf unter den Holzdielen verschwunden ist, breitet sich an dieser Stelle eine rote Lache aus, und eine dumpfe Stimme tief aus dem Boden spricht: »Ich war Dein Bruder.«

Ich glaube, es wird wirklich Zeit, dass ich abreise. Was mache ich denn, wenn Vermeer auch heute nicht auftaucht? Ein weiteres Telegramm ist jedenfalls nicht eingetroffen. Mal sehen.

Bis bald,
O.

Hotel Gasthaus Eichengrund, 11.11.2002

Liebes!
Ich glaube, jetzt reicht es mir langsam.

Soll ich schreiben, dass V. immer noch nicht aufgetaucht ist? Ich weiß es nicht einmal.

Ich sitze hier, die Tür zum Nachbarzimmer steht offen, auf der Klappe steht die Flasche und ich warte. Aber es ist schon fast Mitternacht, und ich werde morgen abreisen, ohne dass ich Vermeer wirklich getroffen habe. Gesehen habe ich ihn inzwischen vielleicht oft genug.

Heute am späten Nachmittag bin ich hinabgegangen, um mich an der Rezeption zu erkundigen, ob V. sich gemeldet hat. Aber da saß überhaupt niemand. Ich habe bestimmt zwanzig Minuten da gewartet, ohne dass jemand aufgetaucht ist, da fiel mein Blick auf eine nicht richtig geschlossene Schublade, und darin lagen alle meine Briefe und Postkarten, die ich Dir geschrieben habe, seit ich hier bin. Ungeöffnet, aufgestapelt, komplett. Du kannst Dir nicht vorstellen, wie wütend ich noch immer bin. Während ich da stand und die Briefe durchsah, habe ich jemanden vor der Fensterscheibe bemerkt. Jemand stand da draußen und beobachtete mich durch die Gardine. Ich bin hinausgelaufen, ich bin sicher, es war schon wieder Vermeer, der mich zum Narren hält. Er lief davon, und ich hatte Mühe, ihm im Dunkeln zu folgen. Aber ich wusste ohnehin, welches Ziel er hatte. Ich sah gerade noch, wie er die Haustür der alten Villa aufschloss, dann verschwand er im finsteren Inneren des Hauses. Er ließ die Tür angelehnt, aber keine zehn Pferde hätten mich noch einmal in dieses Haus gebracht. So stand ich da im Schatten und beobachtete die pechschwarzen Fensteröffnungen, und ich war mir sicher, er steht drinnen und beobachtet mich. Doch dann wurde mir klar, er könnte auch schon längst in meinem Zimmer sitzen und hier auf mich warten, und so bin ich schnellstmöglich wieder hierher gelaufen. Aber er ist nicht hier.

An der Rezeption ist noch immer niemand, ich habe das Gefühl, in diesem ganzen verdammten Hotel ist niemand mehr. Ich hätte für die letzte Nacht noch gerne das Zimmer gewechselt. Ich fürchte, ich werde einfach hier sitzen und wach bleiben, so lange es geht. Es ist vollkommen still und ich habe das Gefühl, die Wände ...

SHIT, drüben ist die Flasche umgefallen.

Judith Dominique Frass-Wolfenegg
Liberty

Ich lernte Liberty vor einigen Jahren auf einer Freizeit-Messe kennen. Das ist im Nachhinein betrachtet alles andere als erstaunlich, denn auf genau dieser Art von Veranstaltung würde man ein Mädchen wie Liberty vermuten. Eine junge Frau mit viel Tagesfreizeit, keinen speziellen Hobbys und dem nötigen Kleingeld, um Unmengen an zeitlichen Leerläufen einigermaßen sinn- und lustvoll zu füllen. Völlig plan- und ziellos durchs Leben schweifend, das Geld ihres Daddys einzig dazu nutzend, ihre permanente Langeweile auf welche Weise auch immer zu vertreiben, die Leere ihres Lebens zu übertünchen und die stets drohenden Depressionen somit in Schach zu halten. Langweile war genau das, was Liberty am meisten fürchtete.

Und wenn ich *irgendetwas* sicher weiß, dann das: Liberty langweilte sich beinahe zu Tode.

Ihren unsäglichen Vornamen erhielt sie nach der amerikanischen Freiheitsstatue, mit der oder deren Sinnbild sie eigentlich rein gar nichts gemeinsam hatte, außer ihrer mächtigen Gestalt vielleicht. Liberty war für eine Frau sehr groß, beinahe einen Meter und achtzig, und ziemlich korpulent. Sie hatte etwas walkürenhaftes an sich mit ihrem wehenden, hellblonden Haar, das ihr bis zum Gesäß reichte, ihrem wachsamen Blick aus eisigen, grünen Augen, und ihrem versteinerten Gesichtsausdruck, stets darauf gefasst, auf Konfrontation gehen zu müssen.

Mit ihrem Namen hatte ihr mehr als wohlhabender Vater ihr wahrlich keinen Gefallen getan, vom ersten Schultag bis zu ihrem Abschluss wurde sie deswegen verspottet. Unter einer »Lady Liberty« stellt man sich ein gänzlich anderes Wesen vor als sie es war, positiv, leichtfüßig, irgendwie ausgeflippt und vor allem: beliebt. Nichts davon hatte jemals auf Liberty zugetroffen.

Ihr Leben war äußerst luxuriös, bequem und stressfrei verlaufen – ihr Vater sah, wie unglücklich seine einzige Tochter war und erfüllte ihr jeden auch nur angedeuteten Wunsch. Das viele Geld machte Liberty aber nur noch einsamer, als es ihr Aussehen und ihr verkorkstes Wesen ohnehin schon tat: Entweder kam einfach keiner mit ihren finanziellen Mitteln mit – und die, die ein wenig

Stolz besaßen, beließen es einfach dabei –, oder sie wurde schamlos ausgenutzt, was ihr leider nicht nur ein Mal passierte. Diese Erfahrungen trieben sie völlig in die Isolation, sie getraute sich bald nicht mehr, sich auch nur irgendeinem Menschen – und schon gar keinem männlichen Wesen – zu öffnen.

So füllte sie die stetige Leere mit der erwähnten jährlichen Freizeitmesse, der Messe für die Frau, der Weinbaumesse, diversen Gourmet-Veranstaltungen, unzähligen organisierten Kulturreisen, Literaturkreisen, Konzert-Abonnements und natürlich der internationalen Rassekatzen-Ausstellung. Sie selbst besaß einige traumhafte Exemplare dieser Spezies: eine Chinchilla-Perser, eine heilige Birma, einen Kartäuser und einen riesigen Maine Coon-Kater. Diese vier Samtpfoten gaben ihr jene Liebe und Zärtlichkeit, die ihr vom anderen Geschlecht des Homo Sapiens stets verwehrt blieb. Nicht dass Liberty mit ihren mittlerweile achtundzwanzig Jahren noch Jungfrau gewesen wäre – Gott bewahre!

Doch auf der Tanzkarte ihres Lebens fand sich eine unendlich lange Liste herber Enttäuschungen und keine einzige ehrliche, dauerhafte Beziehung.

Als ich Liberty damals kennen lernte, hatte ich mir kurz zuvor das Bein gebrochen, weshalb man mir einen vierwöchigen Krankenstand verordnet hatte. Da ich es gewohnt war, ständig sowohl beruflich als auch privat in Bewegung zu sein, empfand ich zu dieser Zeit jene Langeweile, die Libertys Leben seit jeher bestimmte. Aus diesem Grund verschlug es mich auf besagte Freizeit-Messe: Konnte ich schon selbst nichts unternehmen, wollte ich mir wenigstens ansehen, welche Möglichkeiten ich nach der Gipsabnahme haben würde, um Versäumtes wieder nachzuholen. Ich war damals wirklich eine Getriebene, hyperaktiv und todunglücklich ob meiner körperlichen Einschränkung.

Ich humpelte gerade an einem Stand für Individualreisen – ganz nach meinem Geschmack – vorbei, als ich versehentlich mit der Krücke gegen Libertys Schienbein schlug. Sie wirbelte augenblicklich herum, herrschte mich an und betrachtete mich dann abschätzend von oben bis unten. Ich entschuldigte mich selbstverständlich sofort, erklärte ihr, dass ich den Umgang mit einem solchen Gehbehelf nicht gewohnt sei und lud sie zur Wiedergutmachung auf ein Glas Wein am nahe gelegenen Griechenland-Stand ein. Da sie natürlich nichts Besseres vorhatte, willigte sie ein, und wir lehnten uns gegen die wacklige Bar, um uns an einem Glas ägäischem Rotwein zu stärken.

Aus irgendeinem nicht nachvollziehbaren Grund fand mich Liberty sympathisch und »ungefährlich«, wie sie es im Nachhinein lächelnd betitelte, was dazu führte, dass sie das seltene Wagnis einging, ihr wahres – nämlich freundliches und höchst interessantes – Ich zu präsentieren.

Wir unterhielten uns blendend, aus einem Glas Wein wurden viele und die Stunden vergingen wie im Flug. Der Gong und die Lautsprecher-Durchsage erinnerten uns daran, dass die Hallen in Kürze geschlossen würden und wir uns auf den Weg machen müssten.

Seit diesem Tag zählt Liberty zu meinen wenigen, aber sehr engen Freunden. Umgekehrt bin ich wohl nach wie vor ihre einzige Freundin, die einzige Person außer ihrem vergötterten Vater (ihre Mutter starb, als sie sehr klein war, an Brustkrebs) und ihrer uralten Großmutter, der sie ihr Inneres offenbarte. Ich habe bis heute nicht verstanden, warum sie sich nicht mehr Menschen öffnete, ein viel zu wertvoller, anregender und verlässlicher Mensch war sie, um so viel allein zu sein. Welch eine Verschwendung!

Nun, jedenfalls erzählte mir Liberty seit unserem ersten Zusammentreffen alles, es tat ihr natürlich gut, nicht ständig sämtliche Erlebnisse in sich hinein zu fressen und alles in ihrem stillen Kämmerlein verarbeiten zu müssen. Daher bin ich nun auch in der Lage, Ihnen eine wirklich merkwürdige Geschichte weiterzugeben, eine Geschichte, für die es bis heute keine Erklärung gibt.

Bei einem ihrer Streifzüge entdeckte Liberty die Werbebroschüre eines kleinen, alten Hotels, das wirklich entzückend aussah. Es lag an einem Fluss, der halb durch Trauerweiden verdeckt war, mitten in einem großen, verwunschenen Garten mit wunderschönen Rosenstöcken, Kirschbäumen, kitschigen kleinen Pavillons, alten Hollywoodschaukeln und kleinen Gartentischchen und Sessel, die regelrecht zerbrechlich wirkten (so, als sollte Liberty besser nicht darauf Platz nehmen). Das Haus wurde von Efeu und roten Weinblättern umrankt, es hatte nur wenige Stockwerke und wirkte wie ein feudaler Herrschersitz, nicht wie ein Hotel der Neuzeit. Auch die Zimmer sahen wirklich beeindruckend aus, üppig mit rotem Samt und barocken Möbel ausgestattet, mit umwerfenden, marmornen Badezimmern, Zimmerservice und jeglichem Komfort – jedoch ohne Klimaanlage (es gab nur klassische Deckenventilatoren) und Fernseher.

Liberty war sofort Feuer und Flamme, unbedingt wollte sie dort ein Wochenende verbringen. Selbstverständlich versuchte sie, mich zu überreden mitzukommen.

Leider war mir dies zu jenem Zeitpunkt nicht möglich, da ich beruflich verreisen musste und das auf gar keinen Fall verschieben konnte. Also beschloss Liberty kurzerhand, alleine zu fahren – schließlich war sie es ja gewohnt, solches zu tun.

Sie buchte im örtlichen Reisebüro zwei Nächte von Freitag auf Sonntag und begann zu packen. Ausgestattet mit einer riesigen Reisetasche, einem dicken Buch, ihrem Telefonregister und ihrem Handy machte sie sich auf den Weg. Mit ihrem langen, wehenden Sommerkleid, ihrem zu einem losen Zopf gebunden Haar, der großen Tasche und der überdimensionalen Sonnenbrille auf ihrer Nase wirkte sie wie eine alte Hollywood-Diva. Sie war schon ein echtes Original, das muss man ihr lassen. Ich verabschiedete mich am Bahnhof und wünschte ihr viel Spaß.

Drei Stunden später stieg Liberty aus dem Zug aus und in ein Taxi, das sie zu ihrem Hotel brachte, ein. Die Sonne strahlte von einem blitzblauen Himmel, der mit ein paar wattebauschigen Schönwetter-Wölkchen verziert war, eine sanfte Brise wehte durch die von blühenden Bäumen gesäumte Allee, und das große, altmodische Taxi fuhr gemächlich seines Wegs. Liberty atmete die frische Luft durch die offenen Autofenster ein und lächelte. Sie freute sich sehr auf diesen »Tapetenwechsel«, und dieser kleine Ort, durch den sie fuhr, mit seinen stuckverzierten kleinen Villen, seinen gepflegten Garten- und Parkanlagen, Rad fahrenden Kindern und offensichtlich äußerst wenigen Autos war ganz nach ihrem Geschmack. Wenige Minuten später hielt der Fahrer vor ihrem Hotel, das in natura mindestens genauso schön aussah wie in der Broschüre, verlangte eine lächerliche Summe für seine Fuhre und hievte ihre schwere Tasche aus dem Kofferraum. Er wünschte ihr einen schönen Aufenthalt und fuhr davon.

Liberty winkte einem Pagen, der vor der kleinen Drehtür des Hotels postiert war und auch sofort zu ihr lief und ihr Gepäck nahm. Er führte sie zur Rezeption, wo ein gütig dreinblickender, längst ergrauter, kleiner alter Mann mit einer dicken runden Brillen den Portier gab. Ein Blick in sein dickes Buch bestätigte Libertys Reservierung, er händigte ihr die Zimmerschlüssel aus und erklärte ihr den Weg nach oben. Das Gepäck würde bereits auf sie warten, wenn sie dort eintraf.

Sie bedankte sich höflich und stieg in den altmodischen Lift, der noch rundum verglast war und bis zur Hälfte von schmiedeeisernem Gitter geschützt wurde.

Der Lift hielt im 4. Stock, zum 5. Stock musste man eine kleine Treppe zu Fuß erklimmen. Liberty stieg aus, flitzte die kleine Wendeltreppe hoch und befand sich offenbar im Dachgeschoss des Hotels. Nur wenig Zimmer gab es hier oben, und sogleich erspähte sie ihres: Zimmer 519.

Sie steckte den Schlüssel ins Schloss, drehte ihn um und öffnete die Tür. Es war umwerfend schön, erzählte sie später, viel beeindruckender, als sie es auf den Fotos gesehen hatte. Es war groß, hatte ein riesiges Himmelbett, einen kleinen Erker mit einem französischen Balkon und zwei Giebelfenster, richtig romantisch. Sie ließ sich auf das überdimensionale Bett plumpsen und strahlte. Das würde bestimmt nett werden, davon war sie überzeugt.

Liberty duschte, zog sich zum Abendessen um, schlich die kleine Treppe runter und stieg in den Lift ein, der im Erdgeschoss hielt, von wo sie direkt in den reizenden, kleinen Speisesaal gelangte. Alle Gäste waren fein herausgeputzt, der Oberkellner geleitete sie zu ihrem Tisch, vorbei an einem köstlichen Salat-Buffet, einem leckeren Dessert-Wagen und einer gut ausgestatteten Bar. Sie setzte sich, bestellte einen Sherry als Aperitif und begann die umfangreiche Speisekarte zu studieren. Eine Dame in einem prächtigen Kleid und weißer Perücke begann die C-Moll-Fuge aus Johann Sebastian Bachs »Wohltemperierten Klavier« auf einem echten Spinett zu spielen – was zu dem spätbarocken Ambiente des Hotels perfekt passte. Liberty entdeckte bei ihrem kleinen visuellen Streifzug durch den Raum einen einzelnen jungen Mann an einem kleinen Tisch in der gegenüberliegenden Ecke, der seltsam unverwandt ins Leere blickte. Er war sehr groß, hager und blass, trug seine Haare zu einem ähnlichen Zopf gebunden wie die Dame am Spinett und war höchst altmodisch gekleidet. Vermutlich jemand vom Personal, der gerade Pause hat, dachte Liberty. Obwohl der Knabe etwas seltsam Erhabenes an sich hatte, das zu einem Kellner oder Hausdiener eigentlich nicht wirklich passen wollte.

Das sollte jedoch keineswegs ihr Problem sein, sie bestellte zweierlei Vorspeisen, einen köstlich klingenden Fisch als Hauptgang und bedeutete dem Kellner, dass eventuell auch noch Platz für die Kunstwerke auf dem Dessertwagen wäre, wenn sie die eben bestellten Speisen verdrückt hätte. Dazu nahm sie eine halbe Flasche weißen Bordeauxs, ein hervorragender Jahrgang, auf den sie sich genauso freute wie auf das Essen, das sie sich gleich einverleiben würde.

Sie kam jedoch nicht umhin, ab und zu einen Blick auf den jungen Mann zu werfen, aus dem Augenwinkel, ganz unauffällig, versteht sich. Irgendwie hatte er etwas Faszinierendes an sich, seine Mimik und seine Gestik waren sehr vornehm, seine Ausstrahlung war ein wenig ... *unwirklich*. Sie war nicht gekränkt, dass er sie nicht bemerkte, das war sie nun wirklich gewöhnt.

Zuweilen hatte sie den Eindruck, als würde er mit jemandem *sprechen*, was nun in der Tat merkwürdig war, da er den ganzen Abend allein an seinem Tisch saß. Vermutlich war er nicht ganz beieinander, solche Typen verschlug es schließlich überall hin. Zum Personal gehörte er offenbar jedoch nicht, denn das wäre vermutlich die längste Pause der Welt gewesen. Sie aß ihre vier Gänge (ja, auch das Dessert fand noch Platz in ihrem Magen) sehr langsam und genussvoll, trank dazu ihren Bordeaux sowie einen kleinen Digestif. Die ganze Prozedur dauerte drei volle Stunden, und in dieser Zeit erhob sich der junge Mann kein einziges Mal von seinem Platz.

Sei es wie es sei, dachte sich Liberty, ließ sich vom Kellner die Rechnung geben, bezahlte und beschloss, einen kleinen Spaziergang durch den traumhaften Garten des Hotels zu machen.

Nach einigen Minuten erreichte sie eine kleine Laube, wo der junge Mann, den sie im Speisesaal gesehen hatte, mit überschlagenen Beinen saß und eine Zigarillo rauchte. Er bat sie, sich zu ihm zu setzen. Da konnte Liberty nicht widerstehen, denn der Typ war zweifellos höchst interessant und ungewöhnlich. Abgesehen davon bekam sie solche Einladungen nicht oft.

Sie setzte sich neben ihn, und sie begannen, sich miteinander zu unterhalten. Er hieß Timothy, war gerade dreißig Jahre alt geworden und hier aufgewachsen.

Sein Inneres war weit weniger blass, als man es seiner Hautfarbe zufolge vermutet hätte. Liberty, die seit sie denken konnte ein ordentliches Defizit an menschlicher Nähe und Wärme zu verzeichnen hatte, verliebte sich Hals über Kopf in den seltsamen Kauz.

Sie hatte noch eine Flasche alten Cognac auf ihrem Zimmer – so etwas packte sie bei jeder Reise ein, sei es für den Fall, dass sie sich ob der fremden Küche den Magen verderben würde oder einfach, um ihre einsame Seele vor dem Schlafengehen ein wenig zu trösten. Also lud sie Timothy ein, mit ihr ein Glas davon zu nehmen. Es wurde auch langsam kühl hier draußen, nicht zuletzt deshalb willigte Timothy gerne ein.

Er bewunderte ihr Zimmer, das einmal seiner Mutter gehört hatte, wie er ihr erzählte. Diese Aussage verwirrte Liberty total, sie war jedoch so sicher, Timothy am nächsten Tag wieder zu sehen, dass sie nicht weiter in ihn drang. Sie wollte ihn nicht gleich zu Beginn ihrer Bekanntschaft ausfragen, das hasste sie selbst außerordentlich.

Es war ein wunderbarer, romantischer Abend, voll stundenlanger Gespräche, zarter Küsse und einem Quantum an Aufmerksamkeit, wie es ihr seit Jahren nicht mehr zuteil geworden war.

Timothy war ein echter Gentleman, er brachte sie zu Bett, küsste sie innig, strich ihr über ihr langes Haar und versprach ihr, dass sie sich sehr bald wieder sehen würden.

Glücklich, entspannt wie schon lange nicht mehr schlief Liberty mit der Gewissheit ein, endlich einen ganz besonderen Mann kennen gelernt zu haben.

Mitten in der Nacht wurde sie unsanft geweckt, sie hörte einen dumpfen Schlag, ein lautes Poltern und saß innerhalb von Sekundenbruchteilen kerzengerade im Bett. Ein wütendes Flüstern, gefolgt von einem schleifenden Geräusch gleich nebenan, quasi hinter ihrem Kleiderschrank – eigentlich hörte es sich mehr an, als wären die Geräusche *in* ihrem Schrank, aber das konnte ja nun wirklich nicht sein – ließ sie aufspringen. Sie schlüpfte rasch in ihren Morgenmantel und packte eine kleine Taschenlampe, die sie auf Reisen immer bei sich hatte sowie ihr Handy, dann öffnete sie vorsichtig die Tür.

Den Schein der kleinen Lampe ließ sie direkt vor sich auf den Boden leuchten, damit kein anderer das Licht bemerkte. Es sollte lediglich dazu dienen, dass sie nicht geräuschvoll über ihre eigenen Füße stolperte. Leise schlich sie ein paar Meter der Wand entlang, ihr Herz klopfte bis zum Hals.

Wieder hörte sie das schleifende Geräusch, und nun wagte sie einen kurzen Blick um die Ecke.

Was sie da sah, war mehr Aufregung als ihr ödes Leben vertragen konnte: Eine dunkle Gestalt – ein kleiner, kräftiger Kerl mit schwarzen, zum Zopf gebundenen langen Haaren in seltsamen Kniehosen – zerrte an einem langen, dünnen Körper. Er versuchte offenbar, den am Boden liegenden, keinen Mucks von sich gebenden Mann in den Abstellraum zu schaffen.

Liberty holte tief Luft und wählte die Notrufnummer auf ihrem Handy. Natürlich. Kein Netz. Wie konnte es auch anders sein?! Noch einmal lugte sie um die Ecke, diesmal hatte der gedrungene, dunkelhaarige Typ ein kleines Licht in der Kammer aufgedreht, und sie konnte erkennen, wer der Mann auf dem Boden war: Es war Timothy und er war tot. Blut floss aus einer kleinen Wunde an seiner Schläfe, seine Augen – dunkelblau, wie sie gestern Abend auf ihrem Zimmer herausgefunden hatte – waren geöffnet, sein Blick genauso starr wie sein ganzer Körper.

Schnell hielt sie sich den Mund zu, sonst hätte sie laut geschrieen. Sie war absolut bewegungsunfähig, der Schock war einfach zu groß. Just in diesem Moment drehte sich der Kleine um und sah ihr in die Augen. Libertys Herz hörte für einen kurzen Moment auf zu schlagen, eine Gänsehaut überzog ihren Körper von den Haar- bis zu den Zehenspitzen. Dann nahm sie all ihren Mut zusammen, drehte um und rannte die paar Meter in ihr Zimmer. Sie schlug die Tür zu, drehte den Schlüssel zwei Mal herum, dann schaltete sie das Deckenlicht ein und versuchte zittrig noch einmal von ihrem Handy aus den Notruf zu erreichen.

Nichts. Tot. Kein Netz. Sie nahm den Hörer des antiken Telefons ab, das neben ihrem Bett auf dem kleinen Nachtkästchen stand, und wählte die Nummer der Rezeption.

Nichts. Tot. Tot wie Timothy. Ihr ganzer Körper bebte, sie hatte noch nie in ihrem Leben so große Angst gehabt, solchen Schmerz empfunden. Sie schenkte sich mit zittriger Hand ein großes Glas Cognac ein und wartete darauf, dass der kleine Kräftige ihre Tür eintrat, um sie für immer zum Schweigen zu bringen. Sie wartete, wartete und wartete. Nichts geschah. Irgendwann war sie dann – wohl mit tatkräftiger Unterstützung mehrerer Gläser der bernsteinfarbenen Flüssigkeit – vor Erschöpfung trotz allem doch eingeschlafen.

Es war bereits hell, als sie erwachte. Ein Blick auf ihren Reisewecker zeigte ihr, dass es noch recht früh war, kurz nach sieben Uhr. Sie stieg aus dem Bett und begab sich unter die Dusche, wusch ihr Haar sorgfältig, cremte sich ein, zog sich bequeme Sachen an und tat alles, was man selbst eben tun kann, um sich nach einem schrecklichen, traumatischen Erlebnis einigermaßen wohl zu fühlen.

Sie packte ihre Sachen, bedacht darauf, ja nichts zu vergessen. Natürlich würde sie gleich auschecken, das war klar, sie wollte nur sichergehen, dass sie niemals mehr hierher zurückkommen musste.

Sie verzichtete darauf, einen Pagen zu rufen, das Telefon funktionierte ja ohnehin nicht, und nichts lag ihr ferner, als noch einmal heraufkommen zu müssen. So nahm sie ihre Hand- und ihre Reisetasche und verließ ihr Zimmer.

Niemand war an der Rezeption, als sie aus dem Lift stieg und so stellte sie ihr Gepäck auf den Boden und ging für eine Minute an die frische Luft. Sie musste auf den Portier warten, nicht nur wegen der Rechnung, er musste auch die Polizei rufen, damit sie den Mord der vergangenen Nacht melden konnte.

Sie hörte ein Geräusch aus der Lobby, anscheinend war der Portier wieder da. Fein, nichts wie hinein und das furchtbare Erlebnis abschließen.

Als sie auf die Rezeption zuging, erstarrte sie. An der Wand hing ein riesengroßes Gemälde in einem schweren barocken Rahmen aus Gold. Auf diesem Bild sah sie Timothy, der in einem großen, mit dunkelrotem Samt bezogenen Ohrensessel saß. Er schien auf sie herabzulächeln.

Libertys Mund stand offen, wie bei einem Karpfen.

»W – wer, wer ist das?«, fragte sie stotternd.

»Das ist seine Lordschaft Timothy van Straaten, er war der Besitzer dieses Anwesens, lange bevor man ein Hotel daraus gemacht hat. Er lebte Ende des siebzehnten Jahrhunderts. Die Einrichtung hat man so belassen, wie sie unter seiner Lordschaft entstanden ist.«

»W – was? Er ist tot?«

»Aber natürlich Madame«, lächelte der alte Herr gütig. »Er wurde ermordet, von seinem Neffen, der ihn beerben wollte. Seine Lordschaft ist bereits über 300 Jahre tot.«

»Ermordet, ja«, wisperte Liberty und nickte.

»Eine junge, eine *bürgerliche* Dame, die seine Lordschaft im ehemaligen Zimmer seiner Mutter untergebracht hatte und der er Gerüchten zufolge heimlich sehr zugetan war, hatte den Mord beobachtet. Der Neffe seiner Lordschaft wurde verhaftet. Da Timothy van Straaten unverheiratet und kinderlos war, ging sein Besitz auf die Gemeinde über, ganz wie er es vorgesehen hatte.«

»Tot«, wiederholte Liberty tonlos, ihr Gesicht leichenblass.

Der alte Portier räusperte sich. »Möchten Sie nun einchecken, Mam?«

Liberty wurde schlagartig eiskalt, sie sah den alten Mann verwirrt an.

»*Ein*checken?«

»Ja, Mam. Wie ist Ihr Name?«
»*Ein*checken?« Ihre Stimme brach. »Mein Name ist Liberty Hornton. H-o-r-n-t-o-n!«, buchstabierte sie ungeduldig. »Und ich möchte verdammt noch mal *aus*checken!«
Langsam wurde sie regelrecht hysterisch.
Der alte Mann lächelte nachsichtig. »Madame sind doch gerade erst angekommen.«
Er deutete auf ihre Koffer.
»Ich bin *gestern* angekommen. Ich habe die letzte Nacht hier verbracht. Erinnern Sie sich denn nicht mehr an mich?« Sie konnte es einfach nicht fassen. Irgendetwas stimmte hier nicht.
»Zimmernummer?«, fragte der Portier skeptisch.
»Zimmer 519.«
Er schüttelte energisch den Kopf. »Wir haben kein Zimmer mit dieser Nummer, Mam.«
Um Liberty herum drehte sich alles, ihr einziger Anker war Timothys Porträt, das sie mit den Augen festhielt. Ja, er hatte Recht behalten. Sie hatten sich wieder gesehen. Sehr, sehr bald.
»Ich bedaure außerordentlich, Miss Hornton«, flüsterte der alte Mann sanft und legte ihr tröstend die Hand auf die Schulter. »Wir haben nicht einmal einen fünften Stock.«

Lucia Agnes Yuen
Die Mittwochs-Affäre

Selbst an einem gleißenden Hochsommermittag wie diesem war der gewundene, scharf eingeschnittene Hohlweg in Dämmerung getaucht – in grüne, tropische Dämmerung, in der es der hoch stehenden Sonne nur mühsam gelang, sie zu durchdringen, um hier und da helle Flecken zwischen die zitternden Schatten zu sprenkeln. Zu dicht wucherte das Laubgewölbe der mächtigen Eichen rechts und links des Weges, die dort, wo Wind und Wetter jahrhundertelang an den Steilhängen genagt hatten, ihr schrundiges Wurzelwerk wie Krallen in den Fels bohrten.

Sie kam mit ihrem schäbigen, mehr auf Fassungsvermögen als auf Windschnittigkeit ausgelegten Kombi nur mäßig voran, war doch der Pfad, der lediglich aus zwei ausgespülten, steinigen Furchen bestand, von Schlaglöchern übersät. Hoch aufgeschossene Farnkrautschlingen gaben höchst widerwillig den Weg frei, wedelten unwirsch über die Seitenfenster hinweg und schnellten gleich hinter dem Heck des Wagens in ihre innige Umarmung zurück, während tief in den Weg ragendes Eichengeäst freundlich nickend grüßte und mit spitzen Zweigfingern aufmunternd auf ihr Wagendach tippte.

Und wirklich, sie alle, Hohlweg, Farnkräuter und Eichen, sie alle miteinander waren ihr in alter Freundschaft verbunden. Sie kannten sich aus Tagen, an denen der Nebel aus dem Tal emporwaberte und sie sich nur mehr ahnten. Aus Tagen, an denen Regentropfen, schwer wie Glasmurmeln, in unablässiger Monotonie auf sie herabtropften. Aus Tagen, an denen die Welt in totenähnlicher, hoffnungsloser Starre verharrte, aber auch aus Tagen, an denen Abertausende von Buschwindröschen weiße Schleier über die Hänge breiteten und ein Raunen und Ahnen durch die alten Baumriesen strömte.

Wie oft in all den Jahren hatte sie sich diesen verschwiegenen Waldpfad entlanggetastet – sie hätte es nicht einmal annähernd zu sagen gewusst. Nicht, dass es keine andere Möglichkeit gab, ihr Ziel zu erreichen. Da führte diese wunderbar glatte Landstraße heran, so nah, dass sie hier oben schon zu hören war. Doch sie nahm immer den Weg durch den Wald. Er bedeutete ihr so viel, seit sie damals zum ersten Mal gemeinsam über diesen Weg hierher kamen. Er war Teil des Rituals, und er gab ihr die Zeit, die sie brauchte, um sich ihres anderen Lebens für ein paar heimliche Stunden zu entledigen. Es war, als ob sie mit seinem Durchqueren eine magische Grenze überschritt, die sie zu einem wundersamen Land, in eine andere Dimension, führte.

Dann, ganz jäh, trat der Wald zurück und gab den Blick frei auf ein liebliches Tal, dessen fruchtbare, sanfte Abhänge unter der Last der flirrenden Hitze in tiefen Schlummer gefallen zu sein schienen. So plötzlich fiel die blendende Helligkeit über sie her, dass sie ihre Augen für einige Sekunden schließen musste und sie dann mit ihrer Hand beschirmte. Sie lenkte den Wagen an den Wegesrand, stellte den Motor ab und blickte, wie jedes Mal aufs Neue hingerissen, in das Tal hinab. Auf saftigen, weißgezäunten Koppeln ruhten Pferde und Rinder in trauter Gemeinschaft. Ein schmaler Wasserlauf, flankiert von knorpeligen Weideneskorten, durchtrennte das kleine Tal. Verstreut reckten helle Buchenhaine ihre Wipfel in das makellose Himmelsblau. Und fast exakt inmitten dieser Lieblichkeit, geschützt in einer Mulde, erhob sich, strahlend weiß und selbstbewusst, das einzige Gebäude des kleinen Tales – quadratisch, einstöckig, mit einem dunklen Kappendach, umgeben von blühenden Gartenanlagen, aus denen das tiefblaue Wasser eines nierenförmigen Pools bis zu ihr hinaufschimmerte: das Parkhotel Grün. Ein ehemals traditionsreicher Rennpferdezucht-Betrieb, der vor Jahren zu einem idyllischen Hotelchen umgebaut wurde – damals ein Geheimtipp, heute längst eine der besten Adressen weit und breit. Eine Idylle war es dennoch geblieben.

Für sie jedoch wurde es immer schwieriger, jeden Mittwoch unerkannt zu kommen und zu gehen, und bald würden sie sich ein neues Nest suchen müssen. Spätestens dann, wenn die Pläne für den Golfplatz, der jenseits des Hotels entstehen sollte, realisiert wären, würden zu viele bekannte Gesichter aus der Stadt herangespült. Vielleicht, ja vielleicht, sollten sie diesen Umstand nutzen und endlich die Kraft aufbringen, jenen Abschnitt ihres Lebens zu beenden. Doch die schlichte Wahrheit war, dass keiner von ihnen es ernsthaft wollte. Sie seufzte, startete den Wagen und fuhr im Schritt-Tempo den Weg hinab, der zwischen den Weiden auf das Hotel zuführte und auf einen kiesbedeckten Parkplatz mündete.

Rasch überquerte sie ihn, umrundete das Gebäude und reihte sich zwischen den Autos des Personals ein, das sich mit einer Stellfläche auf der Rückseite zwischen Gemüsekisten, Flaschenkästen und leeren Fässern zufrieden geben musste.

Nachdem sie ausgestiegen war und den Wagen abgeschlossen hatte, eilte sie den breiten, weißen Kiesweg entlang, der von großzügigen Rabatten eingefasst wurde, in denen ein vielfarbig schäumendes Blütenmeer um die Gunst eines flüchtigen Publikums buhlte. Exotische Kübelpflanzen wiegten sich sanft im Wind und wiesen stumm, aber effektvoll den Weg durch das hohe Portal, dessen Flügel heute weit und einladend offen standen, in die halbdunkle Kühle der getäfelten Eingangshalle. Wer auch immer hier eintreten mochte, sein Blick fiel zunächst unweigerlich auf den gewaltigen, die gegenüberliegende Wand beherrschenden Kamin mit dem prächtig geschnitzten, eichenen Sims und dem großen, goldgerahmten Spiegel darüber. Stets prasselte in der kalten Jahreszeit ein Feuer darin, doch jetzt war sein dunkler Schlund von einem Liliengesteck nahezu verdeckt. Die Ohrensessel, die davor ihren Platz hatten, waren heute leer, genau wie die über den Raum verteilten Klubsesselgruppen. Hingegen herrschte auf der von Palmen beschatteten Terrasse reges Treiben. Nahezu jeder der weißen Korbstühle war besetzt, wie sie nach einem beiläufigen Blick durch die zur Gartenseite hinausgehende Fensterfront feststellte.

»Einen schönen guten Tag, Frau Krieger und ein herzliches Willkommen! Sie werden schon erwartet, wie immer in 17.«

Hinter einem Louis-Seize-Schreibtisch erhob sich eine junge Dame und wies – während sie hervortrat – mit einer gefälligen Geste die Treppe hinauf.

»Oh danke, Irene, machen Sie sich keine Mühe, ich weiß Bescheid.«

Wie jedes Mal konnte sie sich auch heute eines Anflugs von lächerlicher Peinlichkeit nicht erwehren, obwohl auf dem Gesicht der Empfangsdame, die in ihrem streng geschnittenen, nachtblauen Blazerkostüm und dem straff zu einem Knoten gedrehten Haar mehr die Aura einer Gefängniswärterin als die einer Hotelangestellten ausstrahlte, nichts als die ewig gleiche, routinierte Freundlichkeit geschrieben stand. Dabei wussten beide genau, dass gleich mit Leidenschaft über diese seltsam beständige Affäre, die einen nie versiegenden Quell der Vermutungen speiste, getuschelt wurde.

Rasch wandte sie sich der Treppe zu, die sich an einer Seite der Halle in eleganter Linie nach oben schwang, und nahm leichtfüßig die breiten, flachen Stufen.

Sie hastete auf tiefem Flor lautlos den Flur entlang. Eine lange Reihe von Fenstern auf der rechten Seite, deren zart gelb und cremefarben gestreiften Satinschals zum Schutze vor der Mittagshitze geschlossen waren, spendete gedämpftes Licht. Und wie immer überfiel sie diese bebende Spannung, drohte ihr Herz auf unvernünftige Weise aus dem Takt zu geraten. Hörte es denn nie auf? Dieser frivole Reiz ihrer heimlichen Treffen, die nichts, aber auch gar nichts anderes im Sinn hatten, als sich in aller Ausführlichkeit zu lieben?

Vor der letzten Türe blieb sie stehen, zögerte einen Atemzug lang, bevor sie, ohne anzuklopfen, die blanke Messingklinke heruntderdrückte und in den dahinterliegenden Raum schlüpfte. Rasch schloss sie die Tür hinter sich, lehnte sich von innen dagegen und blickte auf den Mann nieder, der mit geöffnetem Hemdkragen und gelockerter Krawatte auf dem Bett lag, das mit seinem hohen, geschwungenen Kopfteil aus poliertem Mahagoniholz ohne Zweifel den Mittelpunkt des Raumes bildetet.

»Hallo, Max!« Sie bemühte sich, ihren Atem unter Kontrolle zu bringen.

»Du bist spät.« Eine schmale Falte baute sich zwischen seinen Augenbrauen auf.

»Ja, ich weiß.« Sie schluckte nervös. Hatte er eine Ahnung, wie schwer es war, gerade in der Mittagszeit für ein paar Stunden zu entkommen? »Aber Elisabeth hatte noch einen Arzttermin, der länger gedauert hat und außerdem muss sie nachher wieder früher ...«

»Oh, Caro«, unterbrach er sie lachend, »verschone mich mit Details aus deinem Alltag, wenigstens heute. Vergiss ihn einfach für eine Weile! Jetzt gibt es nur noch dich und mich!«

Er richtete sich auf und streckte ihr seine Hand entgegen. »Komm her, mein Herz, und lass die kostbare Zeit nicht verstreichen.«

Sie stieß sich von der Tür ab und ging quer durch das Zimmer auf ihn zu. Sie kniete neben dem Bett nieder und strich sanft über seine Brust. »Du hast ja Recht, verzeih mir, aber ...«

Er zog sie energisch zu sich herunter »Schluss jetzt mit ›aber‹, meine kleine Zauderin. Hier, trink einen Schluck Champagner, du bist ja ganz erhitzt.«

Er griff neben sich und zog aus einer silbernen Schale auf hohem Fuß eine eisgekühlte Flasche hervor. Schäumend ergoss sich ihr Inhalt in bereitstehende Gläser.

»Auf uns, meine Geliebte.«

Ein feiner Glockenklang wehte durch den Raum, als das Kristall sanft aneinander stieß. In durstigen Zügen leerte sie ihr Glas und spürte, wie die Wirkung prickelnd ihren Körper durchrann.

»Komm, lass dir nachschenken!«

Sie schüttelte den Kopf. Er wusste so gut wie sie, dass sie nie mehr als ein einziges Glas trank. »Auch heute nicht, Max, heute ganz gewiss nicht.« Sie biss sich auf die Lippen. »Max, wir sollten reden, reden über …«

»Oh, nein, meine geliebte Mittwochs-Muse, ich möchte jetzt und hier etwas ganz anderes.«

Er fuhr über ihre Wangen, über ihren Hals. »Ich möchte dir einfach sagen, dass deine Haut wie Samt ist, dass deine Augen leuchten wie Sterne.«

»Moment, Max, Moment!« Sie versuchte lachend, ihn von sich fern zu halten. »Im Ernst, es ist von Bedeutung!«

Ihre Gegenwehr völlig ignorierend, zog er sie so heftig in seine Arme, dass ihr kaum noch Zeit blieb, das Glas auf dem kleinen Tischchen neben dem Bett zu deponieren.

»Das Einzige, was jetzt von Bedeutung ist, sind wir und nur wir.« Dann verschlossen seine Lippen jeden Einspruch, während er mit zielstrebiger Ungeduld begann, die Knöpfe ihres Kleides zu öffnen und seine Hände auf die Suche nach heimlichen Schätzen schickte.

Durch die beiden weit geöffneten, bodentiefen Fenster strich eine heiße Brise, setzte die üppigen Portieren mit dem großblumigen Pfingstrosenmuster in matte Bewegung, brachte jene süße Reife des Sommers mit, die, sanft über sie hinweghauchend, sie wie eine Droge berauschte und jeglichen Widerstand zerfließen ließ. Eingehüllt in den Strom der Sonnenstrahlen, die, gefiltert von der schweren Fensterbekleidung, den Raum in diffuses Zwielicht tauchten, begann ihr Körper sich in seiner aufflammenden Lust zu spiegeln und sie verfiel mehr und mehr der laszwiven Dekadenz dieser trägen Mittagsstunde. Gedämpftes Lachen und Gesprächsfetzen der Gäste unten auf der Terrasse drangen zu ihnen herauf, das Zuschlagen von Wagentüren, gleich darauf das Knirschen von Reifen im Kies.

Oh, diese Ahnungslosen dort! Nur wenige Meter von ihrer Frivolität entfernt. Welch pikante Vorstellung! Dann jedoch entrückte das Leben draußen aus ihrer Wahrnehmung, sie trieben davon auf eine Insel der Schwerelosigkeit, wo nur noch Berührungen existierten, wo lodernde Spuren brannten und die Leidenschaft, die Wellen der Ekstase, sie durch Tag und Traum in Schwindel erregende Höhen trugen.

»Mein Gott, Caro, wie stellst du es nur an, mir nach so langer Zeit immer noch die Sinne zu rauben?«, stieß er atemlos hervor, als sie sich schließlich trennten, wobei er ihr liebevoll das feuchte Haar aus der Stirn strich und sie aufmerksam musterte, als ob er jedes Detail ihrer Züge tief in sich aufnehmen wollte. »Du bist eine Zauberin, nein, eine Hexe, die mich ganz nach Belieben in ihrer Gewalt hat.«

Sie lächelte. »Ich bin weder das eine noch das andere, mein Geliebter. Wir sind einfach der Magie dieser Mittagsstunde verfallen, und wir sollten sie wie ein Juwel in der Erinnerung hüten. Wer weiß schon, wie lange wir unsere Treffen noch fortsetzen werden.«

»Was willst du damit sagen?« Er richtete sich auf.

Sanft strich sie ihm über die Wange, was ihn für den Augenblick zufrieden stellte, so dass er entspannt die Augen schloss und ihm daher ihr selbstsicheres Lächeln entging.

Jetzt wäre die Gelegenheit gekommen zu reden. Doch sie ließ sie ungenutzt verstreichen. Später, später vielleicht ...

Wohl wissend, dass er ihr nur hier und nur hier ganz alleine gehörte, zog sie es vor, schweigend in seinen Armen zu liegen und den so seltenen Moment des Glückes auszukosten, denn viel zu bald schon würde sie an der Art seiner Regung spüren, wie er ihr entglitt, dazu bedürfte es gar nicht erst des Blickes, den er aus den Augenwinkeln auf seine Armbanduhr werfen würde. Einige Atemzüge lang würde er seine Unruhe noch bezwingen und sich dann sachte, aber unerbittlich ihrer Nähe entziehen. Es würde dieses Mal nicht anders sein als sonst. Warum auch? Sie hatte gelernt, nicht zu viel zu erwarten.

Anders als sonst jedoch konnte sie sich heute eine Bemerkung nicht verkneifen.

»Oh, ein Liebhaber auf der Durchreise. Und wieder ein Häkchen mehr im Terminbuch.« Ihre Ironie schien ihn immerhin zu erreichen, stahl sich doch ein Hauch von Schuldbewusstsein in seinen Blick.

»Liebling, es tut mir so Leid.« Er hauchte einen Kuss auf ihren Hals. »Du weißt, gleich um halb vier, diese verdammte Konferenz, sie ist unglaublich wichtig, ich muss los, bin sowieso schon zu spät.« Und schon mehr zu sich selbst: »Na, ja, soll Schultheiß eben eröffnen, er drängt sich sowieso immer danach ...«

Damit warf er endgültig das Laken zurück, schwang sich aus dem Bett, legte mit drei Schritten die Distanz zu den beiden Fenstern zurück, und schob mit ruckartiger Bewegung erst das eine, dann das andere Pfingstrosenblütenfeld zurück, worauf der Sommermittag wie eine Explosion in den Raum fuhr und alles Zwielichte, alles Verschwiegene überflutete. Ein, zwei Sekunden nachdem er mit energiegeladenen Schritten durch die Tür des Bades, die von einem schmalen Flur abging, verschwunden war, drang das Aufprasseln des harten Wasserstrahles auf seinen Körper zu ihr hinaus, und Ausrufe des Behagens, die eher wie ein Blubbern klangen.

»Oh, es ist herrlich. Caro, willst du nicht auch herkommen?«

»Nein, nein, ich mache mich später frisch, du hast es ja eilig, da sind wir uns doch nur im Weg!«

Es war wichtig, jetzt noch ein wenig zu ruhen, sie musste dem Lauf der Dinge die Zeit geben, die sie brauchten. Bequem legte sie sich in den Kissen zurecht und erlaubte sich, unbestimmt ins Blaue hinaus zu träumen.

Ein paar Minuten später stand er wieder im Zimmer. Sie beobachte lächelnd, wie er hastig nach Hose und Hemd griff. Einige Wassertropfen perlten rechts und links der Wirbelsäule entlang, tropften auf den lindgrünen Teppichflor und verschwanden darin. Ihr Blick tastete sich liebevoll an einem kleinen Bauchansatz entlang, der, obwohl sein Körper immer noch vom harten, sportlichen Training längst vergangener Zeiten zeugte, nicht mehr zu leugnen war, und auf seinem Hinterkopf trugen die Bemühungen, den hellen Schimmer der Kopfhaut durch kunstvolles Zurechtbiegen einzelner Strähnen zu kaschieren, keine Früchte mehr. Doch sie liebte diese kleinen Schwächen, ja, sie liebte alles an ihm, immer noch, nach all den Jahren.

Er war jetzt, abgesehen von seiner Krawatte, fertig. Welche er nun mit der Sicherheit eines Traumwandlers unter den Hemdkragen schob und, ohne dabei auf sein übliches Grimassenziehen zu verzichten, blind zu seinem Spezialknoten schlang – dem Shelby-Knoten, wie er nicht müde wurde, zu betonen. Zum Schluss warf er seinem Spiegelbild im venezianischen Goldrahmen einen befriedigten Blick zu, hängte sich das dunkelblaue Jackett über den Arm, kam an ihr Bett, beugte sich zu ihr nieder und setzte einen flüchtigen Kuss auf ihre Nasenspitze.

»Komm gut durch den Nachmittag, mein Herz, und überbringe Elisabeth meine besten Grüße. Richte ihr aus, dass ihre Arbeitgeberin die heißeste Mittagsgeliebte unter der Sonne ist.«

Sie kicherte: »Ich werde mich hüten. Du weißt, sie ist streng katholisch. Sie würde solch eine Sündhaftigkeit, sich des Mittags zu lieben, nicht dulden und auf der Stelle kündigen. Und ohne sie bin ich verloren!«

Schon war er an der Türe, wandte sich noch einmal um und grinste von dort auf sie hernieder. »Mach's gut, mein Herz! Ich rufe an.« Nachdem er ihr eine Kusshand zugeworfen hatte, fiel die Tür hinter ihm ins Schloss, und er war verschwunden.

Und plötzlich beherrschte Leere den Raum. Eine jeder Vitalität beraubte Leere, die selbst die liebevolle, der Behaglichkeit verpflichtete Möblierung nicht auszufüllen vermochte, die Unruhe und das Gefühl der Abgeschiedenheit freisetzte. Lange Schatten fielen unvermittelt über Sesselchen und Sekretär, über Jagdszenen an den Wänden, über verstreute Unordnung, über zerwühlte Kissen. Die Sonne hatte es vorgezogen, sich hinter eine dichtbelaubte Buche zurückzuziehen.

Plötzlich hielt sie nichts mehr auf ihrem einsamen Lager. Sie sprang auf und lief zum Fenster. Es regte sich nicht ein Lüftchen, keine Stimme, kein Lachen drang zu ihr herauf. Die Terrasse unter ihr war leer. Nur weit hinten im Pool zog ein einsamer Krauler seine Bahnen. Himmel, was tat sie nur noch hier? Sie musste zurück, dorthin, wo ihr reales Leben stattfand. Elisabeth wartete, und die Kinder. Sie hatte versprochen, vor drei zurück zu sein, jetzt war es zwanzig vor. Wie sollte sie das nur schaffen? Eilig klaubte sie die luftigen Teile ihrer Garderobe auf, und während sie hier- und dahin wanderte, um ihre restlichen Utensilie, wie Handtasche, Autoschlüssel und Sonnenbrille zueinander zu bringen, schlüpfte sie hinein, fuhr sich zuletzt mit allen zehn Fingern durchs Haar und verließ das Zimmer, ohne den Spiegel eines Blickes gewürdigt zu haben. Sie hastete die Treppe hinunter, lief durch die Eingangshalle, die nun verlassen da lag. Sie war froh, niemandem zu begegnen. Diese vielsagende Undurchdringlichkeit nachher war nur schwer zu ertragen, dabei war doch alles so einfach ...

Die Schwüle draußen nahm ihr beinahe den Atem. Sie durfte gar nicht daran denken, gleich in ihr brütend heißes Auto zu steigen. Aber es half alles nichts, sie musste zusehen, dass sie wenigstens einigermaßen pünktlich in die Stadt zurück kam.

Sie war derartig in ihre Hektik verstrickt, dass sie den beiden Personen, die just ihrem Auto entstiegen, als sie über den Parkplatz strebte, um zu den rückwärtig gelegenen Stellplätzen zu gelangen, keine Beachtung schenkte.

»Ja, ist es denn möglich? Caroline Ambach! Was verschlägt dich denn um diese Tageszeit hierher?«

Sie erstarrte und fuhr dann herum. Wer kannte sie hier unter ihrem richtigen Namen? Oh, nein, das hatte ihr gerade noch gefehlt! Ausgerechnet Nadja Habicht, jene ihrer Nachbarinnen, die Gerüchte aufnahm wie ein Turbo-Staubsauger, um sie bei der nächstbesten Gelegenheit – und man konnte sich darauf verlassen, dass diese blitzschnell herbei kam – wieder auszuspucken.

»Oh, ich, ähm, ich hatte hier einen Termin und bin nun sehr in Eile«, stotterte sie sich eine Erklärung zusammen.

»Ein angenehmer war das, scheint es mir, nicht gerade.« In Nadja Habichts Gesicht glommen erwartungsvolle Funken. Sie kam ein paar Schritte näher heran. »Du siehst ja ganz mitgenommen aus, hoffentlich ist nichts passiert …?«

»Nein, nein, mach dir keine Sorgen, es ist alles in Ordnung. Ich wünsche noch einen schönen Tag.« Sie nickte ihr und ihrem zweifelhaften, kurzbeinigen Begleiter – offenbar eine Neuerrungenschaft – zerstreut zu, drehte sich auf dem Absatz um und eilte davon, wobei es ihr nicht gelang, ein »Merkwürdig, wenn da mal alles stimmt …« zu überhören.

Erschöpft ließ sie sich in den Sitz ihres Wagens fallen, der entgegen ihrer Befürchtung eine fast erlösende Kühle bot, hatte die Sonne doch hier zu keiner Tageszeit eine Chance. Sie klappte die Sichtblende herunter und betrachte sich aufmerksam in dem kleinen Spiegel.

Du meine Güte, Nadja hatte ganz Recht. Sie sah schauderhaft aus! Wimperntusche überall, nur nicht dort, wo sie hingehörte, rote Flecken an Hals und Wangen und ihr Haar eine einzige Katastrophe! Glücklich schob sie ihr Spiegelbild beiseite und startete den Wagen. Wie eine heiße, vibrierende Woge durchfuhr sie die Erinnerung an die jüngst vergangenen Stunden und versetzte ihren Körper unversehens in einen Zustand der Euphorie, der sie beschwingt alle Hindernisse, die sich auf dem Hinterhof türmten, umkurven ließ. Geschickt manövrierte sie sich zwischen den parkenden Wagen hindurch und reihte sich schließlich in den der Stadt zustrebenden Verkehr auf der Landstraße ein, die sie auf dem Rückweg immer benutzte. Wie in Trance ließ sie sich mit dem immer dichter werdenden Autostrom treiben. Ihre Gedanken gaukelten wie auf Schmetterlingsflügeln mal hierhin, mal dorthin, federleicht und ziellos, und nachher hätte sie nicht zu sagen gewusst, wie sie die Stadt überhaupt erreicht hatte. Schließlich jedoch bündelte sich der Strom ihrer Impulse und richtete sich auf einen einzigen, strahlenden Punkt in der Zukunft, einer noch fernen, dennoch greifbaren Zukunft.

Ihr Blick fiel auf die kleine Uhr neben dem Tacho. Liebe Güte, wie spät es schon war! Elisabeth würde schimpfen wie ein Rohrspatz. Na, wenigstens brauchte sie sich nicht um die Kinder zu sorgen, sie waren in Elisabeths Obhut so sicher wie in Abrahams Schoß.

Komm, Ampel, nun spring schon um! Komm schon!

Ungeduldig trommelte sie aufs Lenkrad, und als die Ampel endlich ein Einsehen hatte, trat sie kräftig aufs Gas, worauf ihr Wagen einen rekordverdächtigen Satz vollzog und sie mit quietschenden Reifen in die stille Seitenstraße einbog, die von weitläufigen Gärten gesäumt wurde, in denen sich gediegene Villen hinter alten Baumbestand zurückzogen.

Schnell sprang sie in den kleinen Tante Emma-Laden an der Ecke und packte Milch, Saft und ein paar Kekse in ihren Korb. Zuletzt zupfte sie sich einen dicken, lachsfarbenen Freilandrosenstrauß aus einem Eimer an der Kasse. Den würde sie sich selbst schenken. Ihr war heute danach.

Tatsächlich, wie Recht sie gehabt hatte! Als sie die Auffahrt zu ihrem Haus hinauffuhr, stand Elisabeth schon im Eingang und sah bedrohlicher aus denn je. Sie, die sonst eher einem prall gefüllten, rosaroten Luftballon ähnelte, glich heute in ihrer weißen, trotz Hitze rundum geschlossenen, wallenden Gewandung mehr einer kleinen Lawine mit Beinen und einem blumengeschmückten Strohhut obendrauf. Das tat ihrer Würde jedoch nicht den geringsten Abbruch. Im Gegenteil, ihr gelang das Mirakel, sich die Liebe der Kinder zu bewahren, ohne an Respekt zu verlieren. Elisabeth war die Einzige, der alle aufs Wort gehorchten.

Sie stieg aus, und bevor die Kinderfrau auch nur den Hauch einer Chance hatte, ihr Klagelied anzustimmen, eilte sie die Stufen hinauf, drückte ihr einen Kuss auf die runde Wange, der der Verblüfften allen Wind aus den Segeln nahm.

»Oh, Elisabeth, es tut mir wahnsinnig Leid, aber ich bin aufgehalten worden. Im Tennisklub standen wichtige Abstimmungen an und so was zieht sich, jeder muss seinen Senf dazu geben, weißt du, und ...«

»Schon gut, schon gut. Frau Amberg, Sie brauchen mir keine Rechenschaft abzulegen. Es ist nur, meine Mutter ist doch gerade ins Altersheim gekommen und da muss ich natürlich, bis sie sich eingewöhnt hat, jeden Tag hin. Also, ich muss jetzt los.« Energisch rückte sie ihren Hut zurecht. »Die beiden Kleinen schlafen noch, und ihr Großer hat sich vorhin übergeben, ich habe ihn auch gleich ins Bett gesteckt. Wollte nichts essen, als er aus der Schule kam, würde mal nach ihm sehen.« Misstrauisch musterte sie ihr Gegenüber. »Sie sehen auch nicht gerade frisch aus. Fehlt Ihnen etwas?«

Als sie nur ein stummes Kopfschütteln erntete, grummelte sie, nicht völlig zufrieden gestellt »Na, dann bis morgen, Frau Ambach« und rollte von dannen.

Sie schaute ihr seufzend nach. Dann wandte sie sich um und eilte die Treppe hinauf, um nach ihrem Ältesten zu sehen. Der Alltag hatte sie wieder fest in seinen Spinnenfingern.

Sie kam gut durch die nächsten Stunden. Sie kam sogar sehr gut durch die nächsten Stunden. Sie hatte nicht ein einziges Mal das Bedürfnis, schreiend auf die Straße zu laufen. Selbst nicht, als der Mittlere dem Kleinsten sein Sandschäufelchen über den noch nahezu kahlen Schädel hieb und dort eine blutende Spur hinterließ, selbst nicht, als der Mittlere die Stufen zum Garten hinunterfiel und eine große Beule davontrug, ja selbst dann nicht, als der Große zum fünfundzwanzigsten Mal jämmerlich nach ihr verlangte, sein Fieber in astronomische Höhen schnellte und sie beinahe mit dem Telefon verwuchs, um am Mittwochnachmittag einen Notarzt aufzustöbern. Sie klammerte sich tapfer an ihrem Wölkchen fest – bis, ja, bis sie das Brummen seines Wagens, einem kriegerischen Hornissenschwarm nicht unähnlich, aufschreckte. Mit schlecht gelaunten Reifen kam er die Einfahrt hinauf, vollzog eine scharfe Wendung, ehe das Zuknallen der Türen seinen zornigen Auftritt beendete.

Oh Gott, er war früh heute, und es war nicht gut gelaufen. Sie hörte seine Schritte im Eingang, dann, fast gleichzeitig, brach ein von Aufschreien begleiteter Tumult aus, der sie erstarren ließ. Es folgte ein Augenblick beängstigender Stille, die freilich ein, zwei Atemzüge später in einer wüsten Schimpfkanonade ihr abruptes Ende fand.

»Alle Teufel, Caro, kannst du nicht ein einziges Mal dafür sorgen, dass diese verfluchten Miniaturfahrzeuge aus dem Weg geräumt werden? Irgendwann bricht sich jemand in diesem Chaoshaushalt noch den Hals und ich möchte, verdammt noch, mal nicht der Erste sein …«

Die Türe zum Wohnzimmer wurde aufgerissen, und verwundert blickte sie aus ihrer hockenden Stellung auf, wo sie damit beschäftigt gewesen war, die Scherben der Vase mit den wunderschönen Rosen vom Mittag, die sie in einem Anflug von Wahnsinn auf ein niedriges Tischchen neben dem Sofa platziert hatte, zu beseitigen. Welch unerschöpfliche Mengen Wasser solch eine kleines Behältnis doch nur beherbergte! Schweigend fuhr sie fort, zu wischen und zu wischen und konnte gar nicht mehr aufhören zu wischen. Sonst war es wenigstens am Mittwochabend besser mit ihm. Sofern sie noch ein Zipfelchen der kleinen Wolke bis hierhin gerettet haben sollte, jetzt war es endgültig zerplatzt.

Sie kam auf die Beine, ernüchtert, und mit einem Mal unendlich müde. Irgendetwas in ihrer Miene ließ ihn plötzlich innehalten.

»Ach Caro, bitte verzeih mir. Ich bin ein Idiot.«

Er kam mit Riesenschritten auf sie zu und nahm sie in die Arme. »Wie kann ich mich nur so gehen lassen, es ist unverzeihlich. Diese Sitzung heute Nachmittag, sie war ein Misserfolg auf der ganzen Linie.« Und während er sie noch näher an sich zog, fügte er leise hinzu: »Glaube mir, nur der Nachhall unserer gestohlenen Stunden hat mich davor bewahrt, den ganzen Kram hinzuschmeißen.«

Sie spürte seine Anspannung, und ihr kam erneut zu Bewusstsein, dass sie in ihrer Beziehung nicht den schlechtesten Part erwischt hatte, trotz dieser unendlichen, immer gleichen Aneinanderreihung von Nichtigkeiten und kleinen Unglücken, die ihr Leben ausmachten.

»Wie gut, dass es einen nächsten Mittwoch gibt«, antwortete sie leise, mit einem Mal wieder diesen inneren Einklang findend, der sie durch den Nachmittag getragen hatte.

»Weißt du«, fuhr sie dann nachdenklich fort, »ich glaube, wir sollten allen Paaren, deren Liebe im Alltag unterzugehen droht, eine Mittwochs-Affäre empfehlen, vielleicht würde es manches retten.«

Und endlich war es an der Zeit, zu reden. Zu reden über etwas von Bedeutung, worüber sie schon des Mittags hätten reden sollen.

»Max, ich fürchte, unsere Mittwochs-Affäre wird bald eine Auszeit verkraften müssen.«

Sie konnte nicht verhindern, dass, obwohl nun eindeutig Triumph in ihr vorherrschte, sich ein schuldbewusster Ton in ihre Stimme stahl. »Die vierte.«

»Aber warum, Caro? Elisabeth wird doch wohl nicht kündigen wollen? Das wäre in der Tat eine Katastrophe ...« Er brach ab und erstarrte in ihren Armen. »Caro, bist du sicher?«

Sie nickte entschieden an seiner Brust.

»Aber woher, bitte schön, nimmst du diese? Nur ein paar Stunden später?«

Sie zuckte mit den Achseln. »Ich weiß es einfach. Ich weiß es so sicher wie bei den anderen dreien. Und ich weiß, dass es diesmal ein Mädchen wird, so sicher, wie ich bei den anderen wusste, dass es Jungen werden.«

Er schob sie von sich, schaute in ihr Gesicht und schüttelte in ungläubigem Staunen den Kopf. »Oh, Caro, du bist unverbesserlich.«

Dann spürte sie, wie eine Vibration seinen Körper erschütterte, die sich unaufhaltsam einen Weg aus den Tiefen seines Seins bahnte, um sich in einem alle Anspannungen lösenden Lachen zu entladen.

Rudolf Vismara
Jede Nacht in einem anderen Bett

Die Gäste im Kellertheater applaudierten. Zwei, drei Mal kam Karl hinter dem etwas verschossenen, dunkelroten Vorhang hervor und verneigte sich affektiert. Die Anzahl der Vorhänge war nicht maßgebend, man war hier nicht in der Oper. Bereits während der Aufführung war herzlich gelacht und begeistert geklatscht worden. Die Vorstellung unterschied sich nicht von denen der vergangenen Wochen, einige kamen nach vorne, um sich ein Autogramm zu holen.

Nur vier Buchstaben, bin ich froh, dachte er, heiße ich nicht Walther von der Vogelweide.

Der Saal leerte sich und er räumte seine Requisiten zusammen.

Das Hotel lag in der Nähe, und auf dem Weg ging er in Gedanken die Aufführung durch. Alles hatte geklappt, einige Lacher an unerwarteter Stelle.

Ich bin ein Alleinunterhalter, dachte er, auf der ganzen Linie, ich rede und die Antwort des Publikums besteht aus Lachen und Klatschen. Nach der Vorstellung rede ich mit mir selbst, bin Frager und Antworter. Wer schläft jede Nacht in einem anderen Bett? Ein Komiker auf Tournee. Soll ich irgendwo ein Bier trinken gehen? Nein, allein in einer Ecke zu sitzen macht keinen Spaß.

Er betrat das Hotel »Zum Drachen« und verlangte beim Concièrge den Schlüssel. Müde.

Welche Nummer?

Einen Moment lang war er unschlüssig. Die 12? Nein, das war die von gestern.

Der Mann hinter dem Tresen sah ihn gleichgültig an, es war nicht derjenige, der ihn empfangen hatte, als er heute gegen Mittag hier angekommen war. Nur das gleichgültige Gesicht war dasselbe gewesen.

Jetzt fiel ihm die Zimmernummer wieder ein: 21. Doch etwas mit der 1 und 2. Eine ähnliche Situation kam in einer seiner Kabarettnummern vor. Wie im wirklichen Leben, so hatte eine Zeitung über sein Programm geschrieben. Als ob die wüssten, wie das wirkliche Leben eines Kabarettisten verläuft. Und erst noch das eines Kabarettisten, der die Schnapsidee (oder sagt man: die Bieridee?) gehabt hatte, ein Programm mit dem Titel »Menschen im Hotel« auf die Beine zu stellen und damit monatelang kreuz und quer durch die Lande zu tingeln?

Die hölzerne Treppe knarrte, wo war der Lichtschalter für den oberen Stock? Gibt es etwas Trostloseres als das Zimmer eines Dreisternehotels in der Provinz?, dachte Karl, als er die Tür mit der 21 hinter sich schloss. Nicht so schlimm, versuchte er sich zu ermutigen, sie sehen immer wieder etwas anders aus. Passen sich der Gegend an. Mal ein wenig ländlich, mal ein bisschen modern, oder es hängt vom Alter des Hotels ab, man kann ja nicht alle paar Jahre neue Möbel kaufen.

Die Duschkabine war wahrscheinlich erst kürzlich in den mit weißen Fliesen ausgelegten Toilettenraum eingebaut worden und stand recht eng neben dem Waschbecken, blieb nur zu hoffen, dass um diese Zeit wenigstens noch genügend warmes Wasser im Boiler war. Gestern hatte er sich lauwarm duschen müssen. Oder war das vor zwei Tagen gewesen? Die Tücher waren jedenfalls flauschig und in genügender Anzahl vorhanden. Das Badetuch vielleicht ein wenig dürftig von der Größe her. Es war wohl eines von denen, die sich der einsame Held in den Thrillern um die Beine wickelt und an den Hüften so gekonnt befestigt, dass es ohne Bändel oder sonstige Hilfsmittel wie angewachsen dort verbleibt, wenn er, ohne sich abgetrocknet zu haben, steifbeinig in den Raum spaziert, um dort aufzuräumen. Sei es mit unerwünschten Gästen oder um den Metallkoffer mit der gemachten Beute im oberen Teil des Schrankes zu verstecken.

Das Wasser war sogar richtig heiß. Die gewünschte Mischung mit kaltem Wasser gelang jedoch erst nach mehrmaligem Drehen an den wackligen Hähnen. Wo ein Hahn ist, gibt's auch Hennen, fiel ihm ein Spruch aus seinem Programm ein. Eine etwas schwache Pointe, vielleicht sollte er sie streichen.

Das Telefon schrillte heiser.

Hoffentlich ist es nicht mein Agent mit einer unangenehmen Meldung, dachte er: Die morgige Vorstellung wird leider wegen ungenügendem Kartenverkaufs abgesagt oder, du musst in ein anderes Hotel, weil dort ein Kleintierausteller-Kongress stattfindet. Er trocknete sich schnell fertig ab und wickelte das Tuch um die Hüften. Natürlich hielt es nicht, er musste es mit der linken Hand festhalten, während er mit der anderen den Hörer abnahm.

Es war der Mann unten am Empfang. Seine Stimme klang überraschend fröhlich:
»Ich wollte Sie fragen, wann Sie zu frühstücken wünschen und ob es unverschämt wäre, würde ich Sie bitten, mir ein Autogramm zu geben?«
Es wäre, dachte Karl, unverschämt, es abzuschlagen.
»Für meine Frau«, fuhr die Stimme fort, »sie ist ein Fan von Ihnen.«
Heißt das nicht Fanin?, schoss es Karl durch den Kopf.
»Ich würde dann die Single-Platte an Ihren Platz legen. Ja, einfach auf die Hülle, so schräg drüber. Vielen Dank. Wollen Sie Croissants oder Hausbrot?«
»Dunkles.«
»Natürlich tun wir alles für Karl, unseren geschätzten Gast.«
Der hätte mich noch auf die Wange geküsst, wäre ich dort gewesen, dachte Karl. Vorhin jedoch erkannte er mich nicht, vielleicht rief seine Frau an und sagte ihm ...
Er ärgerte sich, weil er es nicht fertig brachte, das Badetuch auf der Hüfte so einzudrehen, dass es festsaß.
Ich muss mich wohl in Hollywood zu einem entsprechenden Kurs anmelden, dachte er, während er dem Koffer seinen Pyjama entnahm. Er hatte sich schon mehrmals überlegt, die Sache mit dem Tuch in sein Programm einzubauen, doch er konnte nicht riskieren, dass das Tuch auf offener Bühne herunterfiel. Bei den hässlichen Pickeln auf seinen Pobacken.
Karl zeigt dem Publikum den Arsch, würde in den Zeitungen zu lesen sein. Bevor er einschlief, nahm er sich vor, beim Aufwachen mit geschlossenen Augen zu versuchen, das Zimmer zu beschreiben.
Es gelang ihm nicht, aber das Zimmer, das er sich mit geschlossenen Augen vorstellte, entsprach nicht dem Zimmer, das er sah, als er die Augen öffnete. Es war irgendeines der Zimmer in einem anderen Dreisternehotel in einer anderen Ortschaft, in dem er in den letzten paar Monaten nächtigte. Dann versuchte er sich an die Säle zu erinnern, in denen er in den vergangenen zehn Tagen aufgetreten war, und es gelang ihm etwas besser, die Hotelzimmer jedoch hinterließen nur schwammige Bilder.
Es wird eine anstrengende Tournee werden, hatte ihn sein Agent Fritz vor fast einem halben Jahr gewarnt, du bist beinahe jeden Tag an einem anderen Ort. Aber das sagte er ihm vor jeder Tournee, auch schon bei der ersten vor drei Jahren, doch da hatte Karl es noch

anders gesehen und ihm erwidert, er freue sich furchtbar darauf, er könne das Land kennen lernen, von Süd nach Nord und von Osten nach Westen. Er sei immer gerne gereist und das könnte man einem doch nicht verleiden.

Das dunkle Brot lag an seinem Platz und daneben eine seiner ersten Single-Platten, die er vor über zehn Jahren mit Nummern aus seinem ersten Soloprogramm aufgenommen hatte. Er nahm sie in die Hand und lächelte, das waren noch Zeiten, jede Vorstellung, die er buchen konnte, war ein Fortschritt gewesen. Bevor er zu essen begann, schrieb er quer über die Plattenhülle eine Widmung. Für die Frau des Nachtportiers.

Eine Stunde später saß er in der Bahn und schaute lustlos ins regnerische Land hinaus. Die Zeitung, im Bahnhof mitgenommen, war bald gelesen, durchgeblättert. Vier Stunden und ein paar Minuten würde die Fahrt dauern. Mit Umsteigen in D. Und die Tournee noch sechs Wochen. Wahnsinn. Vielleicht würde es seine letzte sein.

Solche Gedanken kamen ihm nicht, wenn er vor einem vollen Saal auf der Bühne stand, dann wünschte er sich, es ginge immer so weiter. Er wurde nicht müde, immer dasselbe Programm abzuspulen; ging das Publikum mit, dann war es auch für ihn neu. Wenn nur diese Fahrten nicht wären. Die Reaktionen waren unterschiedlich, er baute regionale Gags ein, die ihm kurzfristig einfielen, angeregt durch eine Zeitungsmeldung, einen Bericht im Rundfunk.

Aber wenn er jeweils müde und abgespannt ins Hotel zurückkehrte, fragte er sich: Lohnt sich das alles? Vier und mehr Stunden Bahnfahrt plus eine Nacht mit schlechtem Schlaf in fremder Umgebung und als Gegenleistung 90 Minuten Anerkennung, Beifall, Lachen. Ging diese Rechnung auf? Wann hatte er seine Frau Lieselotte das letzte Mal gesehen? Natürlich bekam er auch Geld, doch das zählte nicht, wenn er einsam im Eisenbahnabteil saß oder einsam im Hotelzimmer hockte und sich schlaflos in einem Bett wälzte, in dem die Nacht zuvor ein Wildfremder friedlich geschlummert hatte.

Er sah auf die Uhr und blätterte in der Agenda. Int. m. B. stand beim heutigen Datum. Dass er das vergessen konnte: ein Interview. Er würde nicht viel Neues zu erzählen haben, in den wenigen Artikeln, die es über ihn gab, stand immer das Gleiche, der eine hatte vom andern abgeschrieben.

Der Portier im Hotel »Bären« erkannte ihn auf Anhieb und sprach ihn mit Karl an, wurde rot und versuchte vergeblich, sich auf Karls bürgerlichen Namen zu besinnen. Ein Anruf sei gekommen, von einem Journalisten, fuhr er fort und suchte währenddessen in den vor ihm liegenden Papieren verzweifelt nach der Anmeldung, auf der er Karls bürgerlichen Namen ablesen könnte.

Welches sind die häufigsten Namen der Hotels?, dachte Karl. Löwen, Bären, Widder, Hirschen?

Er erwarte ihn um 18.00 Uhr dort drüben in der Bar, sagte der Portier, erschöpft von den Papieren ablassend und zeigte in das sich gegenüber befindliche Halbdunkel.

Er wollte es genau wissen, der Mann von der Zeitschrift B.

Wie viele Hotelzimmer er auf der Tournee schon gesehen habe?

»Insgesamt oder auf der Bühne? Beim jetzigen Programm sind es jeden Tag etwa zehn, neun auf der Bühne und eines in der nächtlichen Wirklichkeit. Oder im ganzen Leben? Nicht zählbar. Ich bin ja schon in einem Hotel aufgewachsen, aber das wissen Sie wohl schon längst. Doch das war kein Hotelzimmer, bloß ein Zimmer im Hotel. Unter dem Dach in der Wirtewohnung.«

»Und weshalb sind Sie nicht Hotelier geworden?«

»Ich war zu wenig ernsthaft, obwohl mein richtiger Name Ernst ist.«

»Wie kamen Sie auf den Namen Karl, wegen Karl Valentin?«

»Nein, ich bin ja kein Bayer, sondern ein Schweizer, doch den Valentin, den fand ich schon als Kind klasse, obwohl ich nicht alles, was er sagte, verstand.«

»Ihr erstes Programm hieß schon ›Hotel‹, das ist Jahre her, sind Sie hotelinfiziert?«

»Stimmt nicht ganz, das Programm hieß ›Hot Tell‹, in zwei Wörtern geschrieben, und hatte dadurch einen anderen Sinn. Es hatte etwas mehr mit der Schweiz und unserem Tell zu tun, den wir übrigens euch Deutschen zu verdanken haben, respektive dem Schiller.«

»Danke für die Überleitung. Auch in unserem Lande kommt Ihr Programm ›Menschen im Hotel‹ sehr gut an, die Säle sind brechend voll.«

»Besser so, als voll mit Brechenden.«

»Bitte unterbrechen Sie mich nicht. Wie ist Ihre Beziehung zu den Deutschen?«

»Sie meinen, während der Vorstellungen? Findet das Publikum Gefallen an meiner Darbietung, unterscheide ich nicht, ob es Deutsche, Schweizer oder gar Österreicher sind. Natürlich passe ich meine Sprache der Gegend an, in der ich auftrete.«

»Was ärgert Sie am meisten an uns Deutschen?«

»Muss mich etwas ärgern oder setzt man voraus, dass sich ein Kabarettist grundsätzlich ärgert? In meinem Programm kommen vor allem Leute vor, über die ich mich amüsiere.«

»So war die Frage nicht gestellt.«

»Schon gut, damit Sie etwas zu schreiben haben, will ich es Ihnen verraten: Wenn Ihre Landsleute mich mit ›Grüzzi‹ begrüßen. Ich muss dann immer an Grütze denken. Vor einigen hundert Jahren ernährten wir uns wohl von Grütze, aber muss man uns das immer noch vorwerfen? Auch die Deutschen taten das damals.«

»Sie meinen, sie aßen ebenfalls Grütze?«

»Gut, dass Sie das sagen, vielleicht sollte ich es in mein Programm einbauen, wie finden Sie das?«

»Was ist hierzulande gleich wie bei Ihnen zu Hause?«

»In erster Linie natürlich die Hotels, ich befürchte, die sind auf der ganzen Welt gleich, vor allem die in der Preisklasse, die sich ein armer Künstler wie ich leisten kann.«

»Was …?«

»Für mich ist das Hotel ein Nachtquartier, nicht mehr und nicht weniger, ich schlafe nicht besser, wenn mein Bett in einem größeren Raum steht …«

»Verstehe …«

»… und der dann auch mehr kostet.«

»Ist das Programm auf Grund Ihrer Erfahrungen in Hotels entstanden?«

»Nur zum Teil, es gibt darin auch Szenen, die nur in den Grandhotels passieren können.«

»Zum Beispiel?«

»Zum Beispiel der Scheich von Abu Dhabi el Shari mit seinen vierzig Haremsdamen.«

Vielleicht hat der Mann von der Zeitschrift B. mein Programm noch nie gesehen?, dachte Karl.

»Ist Ihr Programm eher Werbung für die Hotels, oder schreckt es die Zuschauer ab, in einem zu nächtigen?«

»Weder noch, ich werbe nur für mich selber. Es spielt auf Ereignisse an, die nur in meiner Vorstellung (im doppelten Sinne) geschehen. Ähnlichkeiten mit noch lebenden Personen sind rein zufällig usw. Ein Hotel ist wohl für jemand, der auf Reisen geht, unentbehrlich, außer er tut es im Wohnwagen. Das Hotel hat verschiedene Funktionen: Bin ich längere Zeit am selben Ort, dann kann es eine Art Heim sein, in dem ich mich schon vom zweiten Tag an wie zu Hause fühle. Im Programm kommen die ja auch vor, die seit Jahren immer an den selben Ort in den Urlaub fahren. Sie wollen immer das gleiche Zimmer im zweiten Stock gegen Osten, das Frühstück am Tisch in der hinteren Ecke, weil es dort nicht zieht, und sind auch an das langjährige Personal gewöhnt. Zu Hause reden sie sogar von ihrem Hotel in Rimini, so dass ich mal sagte: ›Ich wusste gar nicht, dass du dort ein Hotel hast.‹ Aber man sagt ja auch: ›Oh, mein Gott.‹«

»Ihre Tournee ist bald zu Ende, was tun Sie anschließend?«

»Erst mal ausruhen, zu Hause bei der Familie und dann fahre ich wohl für ein paar Wochen an die Sonne.«

»In das Hotel, in dem Sie seit Jahren …?«

»Natürlich nicht. Mit dem Wohnwagen.«

»Und dort schreiben Sie an Ihrem neuen Programm. Heißt es womöglich: ›Menschen auf dem Campingplatz‹?«

Soll ich ihm sagen, fuhr es Karl durch den Kopf, dass ich es satt habe, durch die Lande zu tingeln?

»Ich habe immer was aufzuschreiben, aber ob es ein Programm wird, weiß niemand. Ich spiele allerdings mit dem Gedanken, etwas sesshafter zu werden, eine Tournee kostet Substanz. Es gibt ja noch viele Dinge, die ein Karl oder Kerl wie ich tun könnte.«

»Sie denken aber nicht etwa an Singen?«

»Dort war ich gleich am Anfang, von Schaffhausen her und dann ging's nach Augsburg. Nein, ich sprach von Dingen, die ich machen könnte, singen muss man nicht können, das tun heute vor allem die, die es nicht können.«

»Denken Sie an ein Buch?«

»Ich denke an Vieles, und jetzt vor allem an meinen heutigen Auftritt, der in genau einer Stunde beginnt. Wenn Sie die Vorstellung besuchen möchten, an der Kasse liegt eine Karte für Sie bereit. Oder haben Sie noch eine wichtige Frage?«

Er hatte keine, bedankte sich, packte sein Tonbandgerät zusammen und trollte sich. Die Vorstellung verlief ohne größere Pannen. In der vierten Nummer ging Karl auf der falschen Seite ab, er schien das Hotelzimmer auf der Bühne mit dem Hotelzimmer, in dem er nächtigte, zu verwechseln. Es war nicht weiter schlimm, das Publikum hielt es für einen Gag, als er mit umgewickeltem Badetuch die Seiten wechselte.

Anderntags waren es zum nächsten Aufführungsort nur anderthalb Stunden Bahnfahrt, dafür musste er mit dem Taxi eine halbe Stunde zum Hotel fahren. Es hieß: Drei Könige.

Sonntags keine Aufführung. Ein Treffen mit Fritz, seinem Agenten, war angesagt. Er traf ihn unten in der Halle, am Telefon stehend. Den Hörer am Ohr schaute er, während er sprach, auf den Boden, als suche er nach einem Knopf, der ihm eben von der Jacke abgesprungen war. Er war guter Laune und kündigte weitere Engagements an.

»Eben habe ich mit Bremen telefoniert. Nur eine kleine Verlängerung, zehn oder zwölf Vorstellungen. Sie rennen mir die Bude ein«, sagte er. »Karl, du bist auf dem aufsteigenden Ast.«

»Bin ich denn ein Spatz, oder gar eine Amsel?«, gab Karl zurück. »Weißt du«, sagte er dann, »ich wollte dir eigentlich mitteilen –«, er machte eine Pause, und Fritz befürchtete etwas Unangenehmes, wie immer, wenn er anstatt etwas zu sagen, mitteilte.

»Du willst eine Pause einschalten«, lenkte er ein.

»Nein«, sagte Karl, »ich höre auf.«

»Wenn du deine Verpflichtungen erfüllt hast«, gab Fritz zurück, etwas schärfer als beabsichtigt.

Was war nur in diesen Kerl Karl gefahren?

»Niemand spricht mit mir, was ich zu sagen habe, ist Text aus der Konserve. Es ist kein Gespräch mit dem Publikum. Ich leiere mein Programm ab, teile anschließend Autogramme aus, lächle die Leute an und gehe dann zurück in mein Hotel. Manchmal weiß ich nicht einmal mehr auf Anhieb, wo es ist. Verwechsle die Namen, wenn ich sie mir nicht aufgeschrieben hätte. Bären, Ochsen, Löwen, Steinbock, Schafskopf. Es ist niemand da, mit dem ich etwas reden kann, das nichts mit meinem Komikerdasein zu tun hat. Gehe ich in der Nähe des Theaters in ein Lokal, dann bin ich immer noch der Karl, der immerzu Witze reißen und Grimassen schneiden muss. Und weit davon mich in ein Lokal zu setzen, in einer fremden Stadt, einem abgelegenen Dorf, dazu bin ich zu müde und dort bin ich dann auch wieder nur ein Fremder.«

Fritz atmete tief. Er war kein Psychologe und versuchte es auf die väterliche Art: Es wird schon wieder, reiß dich zusammen und so weiter. Doch als Vater wäre er zu jung. Karl 45, er 35. So ging es nicht.

»Wieso nimmst du nicht Lieselotte mit?« Er wusste, das war kein guter Vorschlag.

Er schaute Karl an, dem es tatsächlich nicht gut zu gehen schien.

»Heute hast du deinen freien Tag, was hast du vor?«, sagte er vorsichtig.

Karl schüttelte traurig den Kopf. »Ich dachte daran, mich ein wenig hinzulegen.«

Fritz sah auf die Uhr. »Was hältst du davon, mit mir einen kleinen Ausflug zu unternehmen? Ich rufe Margrit, meine Frau an, und dann ziehen wir los.«

Er ging hinüber zum Telefon, und während er in den Hörer hineinrief, schaute er zu Boden als suchte er etwas.

Karl kam der Satz »Dein Agent, dein Freund und Helfer« in den Sinn.

Es wurde ein richtig schöner und anschließend auch lustiger Nachmittag, der sich in einen – anfänglich wenigstens – ebensolchen Abend hineinzog. Karl schüttete Fritz sein Komikerherz aus.

»Ich versuchte mich nach der Vorstellung ins Nachtleben zu stürzen, aber in den kleineren Ortschaften gibt es keines und wenn man am andern Tag fit sein muss ... Andere Ablenkungen liegen mir auch nicht, bin ja nicht Udo Jürgens. Habe mir überlegt, im Duo aufzutreten, aber auch das liegt mir nicht, wer würde es schon mit mir aushalten? Oder in einem Wohnwagen zu reisen, um abends eine gewohnte Umgebung vorzufinden. Aber selber die langen Strecken zu fahren. Vergiss es.«

Fritz wusste keinen Rat, verlegte sich dann aufs Bitten, wenigstens die eingegangenen Termine wahrzunehmen.

Karl war die kühlenden, aber auch berauschenden Getränke nicht gewohnt und die bei Sonnenuntergang herrschende Hochstimmung verwandelte sich dann leider in eine zu Tode betrübte.

Das in der Zeitschrift B. erschienene Interview vermochte seinen Beliebtheitsgrad um einiges zu erhöhen und er wurde vermehrt mit »Grüzzi« begrüßt.

Sonst blieb alles beim Alten. Die Hotelzimmer waren mal ländlich, mal etwas modern eingerichtet. Die Betten oft viel zu hart, aber auch manchmal zu weich. Je nördlicher er kam, desto häufiger bekamen die Hotels Namen wie: Hecht, Seejungfrau, Fliegender Holländer oder gar Neptun. Die Vorstellungen waren meist ausverkauft, das Publikum amüsierte sich, und einige wollten nach der Aufführung ein Autogramm. Karl kaufte sich Bücher, die ihn aufheitern sollten, doch sein eigenes Programm war um einiges lustiger. Manchmal kam ihm während der Vorstellung das einsame Hotelzimmer, das ihn erwartete, in den Sinn und er verlor im Hotelzimmer auf der Bühne den Faden. Das Publikum lachte und schlug sich auf die Schenkel. Eines Nachts stand er auf und vermeinte sich auf der Bühne zu befinden, erst als das Publikum stumm blieb, erkannte er den Irrtum und erwachte. Drei Abende hintereinander rief er Lieselotte an. Sie war überrascht.

»Geht es dir gut, Ernst«, fragte sie. »Ich liebe dich auch, das weißt du doch …«

»Das Telefonieren kostet viel zu viel, deine Gage ist nicht so happig, meinte sie beim vierten Mal und überhaupt, ich sollte schon längst … entschuldige bitte, ich gehe heute mit Ingrid ins Theater.«

Soso mit Ingrid.

Sie fiel ihm auf, als er sie das dritte Mal in der vordersten Reihe sitzen sah.

»Monika nennt man mich«, sagte sie, als er ihr nach der Vorstellung sein Autogramm auf das Theaterprogramm schrieb. Beim vierten Mal streckte sie ihm ihren Terminkalender hin.

»Sie handeln wohl damit«?, fragte er.

»Ich brauche tausend Autogramme für ein Autokilogramm«, gab sie zurück.

Er räumte seinen Requisitenkoffer ein und trat durch den Bühnenausgang auf die Straße. Wie ein Schock traf ihn der Gedanke an sein einsames Hotelzimmer und er versuchte sich auf den Namen des heutigen Hotels zu besinnen.

Diese junge Frau war witzig, dachte er und überlegte, ob er zu Fuß gehen oder sich ein Taxi nehmen sollte. Und hübsch war sie auch. Unentschlossen blieb er stehen.

»Ich brauch noch 996 Autogramme«, sagte sie, als sie aus der Nische herausgetreten war. »Sie sollten jedoch alle Originale sein, kopierte sind nichts wert.«

»Woher sollen wir genügend Papiere hernehmen«, sagte er mit gespieltem Interesse und klopfte theatralisch seine Taschen ab.

»Soll ich Ihnen unsere Stadt zeigen«?, fragte sie, und er konnte sich keine bessere Fremdenführerin vorstellen.

»Wenigstens einen Teil davon«, meinte er, auf die Uhr sehend.

Er war dankbar für jede Minute, die er nicht in dem grässlichen Hotelzimmer verbringen musste und ließ geschehen, was geschehen musste. Monika kannte sich einigermaßen aus, und so saßen sie dann bald in einer lauschigen Weinlaube. Es gab keinerlei Befangenheit zwischen den beiden, jeder gab sich wie er war.

Sie entdeckte, dass der Komiker im Grunde seines Wesens ein ernsthafter Mensch war, und er freute sich an ihrem natürlichen

Talent für Komik. Die Zeit rückte vor und heimlich sah er auf seine Armbanduhr und ebenso heimlich schaute sie zur Pendule auf dem Gesimse gegenüber. Seine morgige Vorstellung war in der nahe gelegenen Stadt H.

Das wusste sie bereits und zeigte ihm ihre schon längst gekaufte Eintrittskarte.

»Dann sind es nur noch 995 Gramm, die du brauchst. Ich bleibe eine ganze Woche im dortigen Hotel«, sagte er, »meine Engagements sind von dort aus mit Regionalzügen zu erreichen.«

Auch darüber war sie orientiert. Sie wies ein Programm vor, in dem alle seine Vorstellungen aufgeführt waren.

»Du hast also die Leimruten ausgelegt und deinen Angriff kaltblütig geplant. Warst du dir so sicher, dass ich dir ins Netz gehen werde?«

»Leim oder Netz«, lachte sie, »das ist hier die Frage. Wir haben die gleichlangen Spieße, und außerdem ist meiner absolut stumpf. Ich verspreche dir«, fügte sie hinzu und sah ihn viel sagend an, »ich werde dich nie verletzen.«

Er saß beim Frühstück und war in Gedanken beim gestrigen Abend. So sollte es immer sein, und er würde seine Tournee bis nach Spitzbergen ausdehnen. Er wusste, dass er sie wieder sehen mochte.

»Ist hier noch ein Platz frei?«, fragte eine vertraute Stimme.

»Monika, du ziehst dein Netz immer enger, wo kommst du her?«

»Aus dem Zimmer 222, gleich im Stockwerk unter dir, ich konnte deine Schritte hören. Ich bin dein verkörperter Schatten geworden. Darf ich hier bei dir frühstücken?«

»Natürlich darfst du, du bist ein gleichberechtigter Gast in diesem Hotel – wie heißt es schon wieder? Gehe ich Recht in der Annahme, dass du heute Abend in H. ebenfalls im selben Hotel logieren wirst?«

»Wie hast du denn das herausbekommen?«, scherzte sie und schmollte, Frauen hätten das gleiche Recht wie Männer, sich ihre Hotels frei wählen zu dürfen.

Alles war anders geworden. Vielleicht auch nur einiges. Sie saß jeden Abend in der vordersten Reihe und wartete neben dem Bühnenausgang. Er freute sich auf das Ende der Vorstellung, der Gedanke an den Gang ins einsame Hotelzimmer war Vergangenheit. Sie setzten sich in ein gemütliches Lokal oder machten in den inzwischen lau gewordenen Nächten lange Spaziergänge in einem Park und führten geistreiche und witzige Gespräche. Karl erfreute sich an ihrem Esprit, noch nie hatte er eine solche Frau kennen gelernt.

Als Fritz die beiden beim Frühstück antraf – Ich komme nur mal so vorbei –, schaute er Karl fragend an, doch er war froh, dass es ihm wieder so blendend ging, er war schließlich sein bestes Pferd im Stall.

»Nach deiner letzten Vorstellung in Hamburg wird eine kleine Party steigen, du weißt ja, dass so was üblich ist«, sagte er, und im Weggehen fügte er hinzu: »Ich ruf dich noch an« und deutete, hinter Monika stehend, auf ihren Kopf.

»Wenn ich dir lästig bin, dann sagst du es mir«, bat sie ihn, denn auch sie musste zwischendurch an Lieselotte denken.

»Fritz«, sagte er, als er ihn anrief: »Es ist keine Liebesgeschichte, glaub mir das. Ich weiß, was ich tue.«

Und er gab sich Mühe, dass es so blieb, doch er konnte sich nicht verhehlen, dass sich bei ihm etwas zu verändern begann. Er beschloss, nicht an die Zukunft zu denken, und beschwingt nahm er die nächsten Auftritte in Angriff. Sie nutzten die freien Stunden zwischen Anfahrten und Vorstellungen für Ausflüge und der Dialog brach nicht ab. Sie kannte sein Programm bald besser als er und spürte die kleinsten Schwächen, aber auch die Stellen auf, an denen ihm die besten Pointen gelangen.

»Der Plot aus ›Shining‹, wie der wahnsinnig gewordene Jack Nicholson im menschenleeren Hotel da oben in Alaska Seite für Seite immer den gleichen Satz in die Schreibmaschine hämmert und dann, mit der Axt in der Hand, hinkend Jagd auf seine Feinde macht, ist derart treffend gemixt, dass es mich jedes Mal aus den Schuhen haut. Und ich habe die Vorstellung immerhin schon über ein Dutzend Mal gesehen. Anthony Perkins ›Psycho-Hotel-Szene‹ hingegen finde ich schwach, denn der zerschnittene Duschvorhang kommt pantomimisch wenig zur Geltung.«

Doch auch Persönliches kam zur Sprache. Sie erzählte von ihrer Ausbildung und ihrem Traumziel, als Wildbiologin irgendwo in der Welt Feldstudien nachzugehen. Doch es schien ihm, als erwarte sie irgendwann ein klärendes Wort, eines, das alles verändern würde. Doch vielleicht täusche ich mich auch, dachte er, mir ist ja selber so vieles nicht klar genug.

Der Tournee letzte Woche kam in Sicht. Fritz näherte sich vorsichtig. Ließ sich mit dem wieder stabilisierten Karl wohl über die nächste Zukunft reden?

»Ein Einmann-Programm kommt für mich nur in der Schweiz in Frage. Keine Auslandstourneen mehr. Außer du stellst mir eine Gesellschafterin zur Seite.«

»Wie sie früher die Könige hatten?«, fragte Fritz. »Aber die Zeiten der großen Karle sind vorbei. Oder du nimmst dir selber eine, eine die vielleicht Monika heißt?«

Er will mich aushorchen, dachte Karl. »Am nächsten Samstag feiern wir das Ende der Tournee und da wird meine Lieselotte dabei sein, und wenn sie dich fragt, dann hast du nur Gutes über mich zu berichten, verstehst du mich? Sonst muss ich mich nach einem andern Agenten umsehen.«

Doch er meinte es nicht ernst, und Fritz wusste das.

An der letzten Vorstellung blieb Monikas Platz in der vordersten Reihe leer. Er hielt nach ihr Ausschau, doch dann dachte er, es wäre wohl besser so, Abschiede sind immer so schwer. Am Morgen nach dem Frühstück überreichte ihm der Concièrge einen Briefumschlag.

»Die Dame ist heute Morgen abgereist«, sagte er. »Sehr früh sogar«, fügte er noch hinzu, als müsste er etwas gutmachen.

Karl war sich unschlüssig, ob er das Schreiben öffnen sollte.

»Und noch etwas«, sagte der Mann an der Rezeption, »da hat noch ihre Gemahlin angerufen, sie warte am Flughafen draußen. Vorne am Eingang steht ein Taxi bereit.«

Annette Kipnowski
Der Handelsvertreter

»Was kostet eine Übernachtung?«, fragte Körner. Die Frau an der Rezeption musterte ihren neuen Gast und warf einen kurzen Blick auf den dunkelblauen Opel Kapitän, der im Hof geparkt war.

»Fünfundzwanzig Mark – mit Frühstück«, setzte sie rasch hinzu, als sie sah, wie das Lächeln aus dem Gesicht des Gastes verschwand. Körner schluckte und dachte daran, sich eine andere Übernachtungsmöglichkeit zu suchen. Aber es regnete, und er war müde; daher nickte er nur und nahm den Zimmerschlüssel entgegen.

»Nr. 14, erster Stock. Möchten Sie zu Abend essen?«

»Danke, vielleicht später.«

Körner nahm seine braune Aktentasche aus Skai-Leder und ging die Treppe mit dem abgenutzten grünen Teppich hinauf in den ersten Stock. Dieser war völlig fensterlos und so spärlich beleuchtet, dass man die Nummern an den Türen kaum lesen konnte.

»Letzte Tür rechts!«, rief die Wirtin laut von unten.

Die Vier war abgefallen – oder ein Gast hatte sie als Erinnerung eingesteckt, so dass nur noch die goldblecherne Eins an der Tür klebte. Körner schloss auf und trat in das Zimmer, das wie alle Zimmer dieser Hotelklasse trostlos aussah. Er setzte sich auf das Bett, das an drei Seiten von einem Birnbaumbrett umrahmt wurde. Komischerweise sahen alle Hoteleinzelbetten so aus, und er fragte sich, wer wohl auf die Idee gekommen war, erwachsene Menschen auf diese Weise einzuzwängen.

Die Möbelfirma, die er vertrat, stellte keine Schlafzimmer her, sonst hätte er vielleicht einmal einen Verbesserungsvorschlag machen können.

Die dünne Schaumstoffmatratze hatte dort eine Vertiefung, wo das schwerste Körperteil ruht, aber das störte ihn nicht. Unangenehmer war dagegen die Vorstellung, nicht durch ein Federbett gewärmt zu werden. Die Steppdecke mit großem Blumenmuster (»Palermo«, dachte Körner laut, denn es war ein beliebtes Muster für Gartenmöbelsitzkissen) hatte einen Umschlag aus weißem Betttuch, um ein Minimum an Hygiene zu gewährleisten.

Hoffentlich liegt im Schrank eine Zusatzdecke, dachte er. Eine Erkältung kann ich mir nicht leisten.

Tatsächlich fand er eine muffig riechende, rosafarbene Decke im oberen Fach des Schrankes. Als er ihn schließen wollte, sah er automatisch in den Spiegel an der Innenseite der Tür.

Er stutzte einen Moment, als sehe er einen Fremden. Zuhause gab es nur einen Spiegel über dem Waschbecken im Badezimmer, den man zum Rasieren und Kämmen benötigte. Jahrelang hatte er sich nicht mehr ganz im Spiegel gesehen, und er war versucht, sich näher zu betrachten. Es schien ihm aber übertrieben und ein bisschen peinlich, sich in dieser Weise mit sich selbst zu beschäftigen, und so schloss er rasch die Schranktür.

Aus der Aktentasche nahm er seine Rasierutensilien und legte sie auf den Rand des kleinen Waschbeckens, das in einer Zimmerecke angebracht war. Hoffentlich befand sich die Toilette nicht am anderen Ende des Ganges, so dass er eventuell nachts im Schlafanzug eine längere Strecke zurücklegen musste!

Glücklicherweise hatte seine Frau ihm die Hausschlappen eingepackt, wenn auch unter Protest, weil sie angeblich so heruntergekommen aussähen. Solange die Zehen nicht durchguckten, würde er sie anziehen. Man warf nichts weg, was man noch gebrauchen konnte. Seine Füße schmerzten, denn er war den ganzen Tag auf den Beinen gewesen und hatte vier Möbelgeschäfte besucht, um die Produkte seiner Firma zu präsentieren. Außerdem gab er nie viel Geld für seine Schuhe aus, was sich durch mangelnde Bequemlichkeit rächte. Wenn die Schuhe dann endlich weicher und angenehmer zu tragen waren, waren sie auch meistens schon kaputt.

Körner überlegte, ob er die halbe Brotschnitte, die vom Proviant noch übrig war, als Abendbrot verzehren sollte, verwarf diesen Gedanken aber.

Er würde unten in der Gaststätte eine Kleinigkeit essen und trinken, um nicht in der Nacht mit einem Hungergefühl zu erwachen. Sonst würde er vielleicht wieder Magenschmerzen bekommen, und nochmalige Magengeschwüre mit wochenlangem Verdienstausfall konnte er sich nicht leisten.

Körner schloss die Zimmertür ab und ging nach unten. Als er durch die Tür mit den bunten Glasscheiben in die Gaststätte trat, schlug ihm warme, abgestandene Luft entgegen. Da er selbst rauchte, störte ihn der Tabakqualm nicht. Glücklicherweise fand er einen freien kleinen Tisch für sich alleine. Die Vorstellung, sich heute Abend noch mit jemandem unterhalten zu müssen, den er nicht kannte, wahrscheinlich niemals wieder sah und der ihn auch nicht interessierte, fand er unangenehm.

Überhaupt sprach Körner ungern. Man sollte nur sprechen, wenn man etwas zu sagen hat, und meistens lohnt sich das auch nicht, weil es die anderen nicht interessiert oder weil sie zu dumm sind, um es zu verstehen, war seine Devise.

Seine Frau, die gerne erzählte und Klatsch über alles liebte, versuchte seit ihrer Heirat, ihren Mann zu ändern. Wenn sie ihm wieder einmal vorwarf, jeglichem Kontakt oder Gespräch mit anderen auszuweichen, verteidigte er sich mit dem Argument, er müsse in seinem Beruf schon mit so vielen Leuten sprechen, das sei genug.

Die Kellnerin brachte ihm die Speisekarte. »Was möchten Sie trinken?«

»Ein Export, bitte.«

Theo stellte mit Freude fest, dass auf einem kleinen Tisch neben der Garderobe mehrere Zeitungen lagen.

Er nahm nie ein Buch in die Hand, leistete sich aber den Luxus, neben der regionalen Tageszeitung die »Frankfurter Allgemeine« zu abonnieren, die er bis zur letzten Seite las. Nur den Kulturteil sparte er aus, da er sich für Kunst, Musik und Theater nicht interessierte und er auch nichts davon verstand.

Die Speisekarte war sehr umfangreich, doch Körner würde wie immer das billigste Gericht nehmen. Aufgrund dieser eingeschränkten Wahlmöglichkeit aß er überdurchschnittlich häufig Hühnersuppe mit Einlage, Bratkartoffeln mit Spiegelei und Wiener Würstchen mit Kartoffelsalat. Heute gab es zur Abwechslung Heringsstipp mit Pellkartoffeln, ein Gericht, das er gerne mochte.

»Heringsstipp ist aus, aber es gibt noch Kartoffelbrei mit Spinat und Rührei, zum Nachtisch Fruchtsalat und als Vorspeise Oxtailsuppe«, spulte die Kellnerin herunter.

Körner nickte etwas enttäuscht und holte seine Zigaretten aus der Jacketttasche.

Rauchen war sein einziges Laster, und er ärgerte sich darüber, dass er nicht aufhören konnte. Nicht nur, dass eine Schachtel Filterzigaretten inzwischen zwei Mark kostete – er musste sich zu Hause auch ständig anhören, dass die Gardinen und die Tapete durch seine Qualmerei braun würden. Dies stimmte natürlich, aber er konnte es nicht ändern. Außerdem würde seine Frau etwas anderes zum Kritisieren finden, wenn er nicht mehr rauchen würde.

Als er gerade aufstehen wollte, um sich eine Zeitung zu holen, brachte die Kellnerin die Suppe, die er rasch auslöffelte. Oft war er mit dem Essen schon fertig, wenn die anderen am Tisch gerade erst angefangen hatten. Dies regte seine Frau immer auf.

Körner diskutierte nicht mehr darüber. Sie wusste doch, wie es in seiner Jugend gewesen war. Seine Stiefmutter, eine Frau ohne Wärme, kochte mittags, um Gas zu sparen, nur einmal, nämlich dann, wenn das letzte Familienmitglied nach Hause kam. Das war in der Regel Körners jüngster Stiefbruder, der das Gymnasium besuchte. Da Theo dann nur noch zehn Minuten bis zum Ende seiner Mittagspause im Betrieb blieben, musste er das Essen hastig hinunterschlingen.

Diese Verhaltensweise hatte er beibehalten, auch als sie später nicht mehr notwendig war.

Er fand es auch nicht so wichtig, welche Speisen auf den Tisch kamen. Seine Frau konnte kochen, er hatte vor der Hochzeit darauf bestanden, dass sie es lernte, und das reichte ihm.

»Man lebt nicht, um zu essen, sondern isst, um zu leben«, meinte er und wunderte sich darüber, wie viel Zeit und Geld andere Menschen für Mahlzeiten bzw. Restaurantbesuche investierten.

Der Hauptgang folgte der Ochsenschwanzsuppe auf dem Fuß, und Körner aß mechanisch weiter. Am Schluss kratzte er die Reste vom Teller, bis dieser fast blank war.

Die Kellnerin schien es eilig zu haben, ihn satt zu bekommen, denn sie stellte ihm das Nachtischschälchen mit Libby's Fruchtcocktail hin, sobald er Messer und Gabel auf den Teller gelegt hatte. Körner schaute auf und sah, dass alle Tische im Lokal besetzt waren und an der Theke offensichtlich noch Gäste auf einen frei werdenden Platz warteten.

Daher verzichtete er auf seine Zigarette und holte sich keine Zeitung. Auf sein Zeichen kam die Kellnerin sofort, um zu kassieren.

»Sieben Mark siebzig.«

Er gab acht Mark und stand auf. Da es erst 21 Uhr war, beschloss er, noch etwas frische Luft zu schnappen, zumal es aufgehört hatte zu regnen. Lieber hätte er es sich vor dem Fernseher bequem gemacht, aber auf seinem Zimmer gab es keinen Apparat.

Körner schloss sein Auto auf, um Mantel und Hut herauszuholen. Der dunkelblaue Opel Kapitän, der die Wirtin beeindruckt hatte, war ein Gebrauchtwagen, den Körner in monatlichen Raten abbezahlte.

Vielleicht hätte er sich alle sieben Jahre einen kleinen Neuwagen leisten können, zum Beispiel einen Opel Kadett, aber Körner war der Meinung, dass ein großes Auto seinem Ansehen bei den Kunden förderlicher wäre.

Wenn ich ein kleines Auto fahre, denken sie, ich vertrete eine schlechte Firma und verdiene wenig, war sein Argument. Ein entsprechender Artikel in der Zeitung »Der Handelsvertreter« hatte ihn überzeugt.

Körner zog seinen grauen Mantel an und setzte den ebenfalls grauen Hut auf. Seine Kleidung, die er bei C&A erstand, hielt immer sehr lange. Hemden und Socken brachte ihm seine Frau mit, so dass er nur sehr selten etwas für sich kaufen musste.

Franziska dagegen liebte nichts mehr als Einkaufen. Wenn sie nichts kaufte, tauschte sie etwas um, weil es ihr zu Hause dann doch nicht gefiel oder bei näherem Hinsehen doch nicht so gut passte. Irgendwie sparte sie sich das Geld vom Haushaltsgeld ab, das er ihr so großzügig wie möglich gab.

Körner ging nah an der Häuserwand entlang, die etwas Schutz vor dem kalten Novemberwind bot. Ab und zu blieb er stehen und sah sich ein Schaufenster an, obwohl er sich für die ausgestellte Ware eigentlich nicht interessierte. Schließlich hatte er keine Wünsche. In dem windgeschützten Eingang eines Geschäftes standen ein junges Mädchen und ein junger Mann eng aneinandergeschmiegt und küssten sich, ohne auf ihre Umgebung zu achten.

Heute ist es anders als bei uns früher, dachte Körner. Selbst als er schon mit Franziska verlobt war, mussten sie sich etwas einfallen lassen, um ungestört sein zu können. In der Wohnung der Eltern oder zukünftigen Schwiegereltern war es undenkbar, und in den Wald konnte man auch nicht ständig gehen, um sich umarmen zu können. So waren sie auf die Idee gekommen, sich im Bahnhof aufzuhalten und jedes Mal den Bahnsteig aufzusuchen, auf dem gerade ein Zug abfuhr. Wer wollte es einem jungen Paar verübeln, dass es sich zum Abschied küsst?

Ebenfalls sehr beliebt waren Aufzüge, sofern sie nicht von einem Liftboy bedient wurden.

Als Körner vor einiger Zeit mit Franziska in eine Autowaschanlage fuhr, gab er ihr einen Kuss auf die Wange, als das Reinigungsmittel auf die Scheiben gespritzt wurde.

»Sieht doch keiner«, meinte er gut gelaunt, in Erinnerung an alte Zeiten.

»Lass den Unsinn – in unserem Alter ...«, erwiderte sie gereizt.

Körner seufzte. Er war jetzt 58 Jahre alt und seit 35 Jahren Handelsvertreter für Polstermöbel und Korbwaren, ein Beruf, der – wie er selbst wusste – gar nicht zu ihm passte. Er hatte jedoch als Alternative nur das in jeder Hinsicht eingeschränkte Dasein eines kleinen Angestellten in einer Speditionsfirma gehabt und sich dagegen entschieden.

Mitte der 50er Jahre war er mit seinen Katalogen und Stoffmustern per Bahn gereist, um die kleinen und mittleren Geschäfte des Möbeleinzelhandels aufzusuchen.

Nach ein paar Jahren war er dann der Erste in der Blumenstraße, der ein eigenes Auto besaß. In seiner Wohnung stand auch der erste Schwarz-Weiß-Fernseher, vor dem sich jeden Samstagabend die Familie, Verwandte und Nachbarn versammelten, um eine Quizsendung oder einen Fernsehkrimi anzuschauen.

Im Sommer hatten sie im Sauerland, einige Male sogar in Österreich, Urlaub gemacht.

Es war ihnen gut gegangen, und er hatte sogar erwogen, ein kleines Reihenhaus zu kaufen. Dann kamen die Arzt- und Krankenhauskosten für seine Frau, die die Krankenkasse nicht mehr übernehmen wollte, der Studienbeginn der älteren Tochter und die zunehmende Konkurrenz durch große Möbelhäuser, die Billigmöbel aus dem Ausland importierten und auf Handelsvertreter nicht angewiesen waren.

Körner alterte mit seinen ehemaligen Kunden, die in ihren kleinen Geschäften auf ihren Chippendale-Möbeln sitzen blieben.

Seine eigene Wohnungseinrichtung bestand aus einem Sammelsurium von Polstermöbeln, Servierwagen und Beistelltischchen, die Kunden wegen Zahlungsunfähigkeit zurückgegeben hatten. Um wenigstens einen Teil des ausstehenden Geldes zu retten, oder aus Mitleid, hatte er ihnen die Stücke abgekauft und bei sich aufgestellt.

Körner kehrte zur Pension zurück, da es wieder anfing zu regnen. Man hatte sich keine Mühe gemacht, der Bezeichnung »Hotel garni« einen individuellen Namen hinzuzufügen. Die Neonbeleuchtung über dem Eingang war defekt, und das Licht flackerte unruhig. An der Rezeption war niemand, so dass Körner klingeln musste, um seinen Zimmerschlüssel zu bekommen.

»Gute Nacht«, wünschte die Wirtin, und er nickte. Im Zimmer legte er Mantel und Hut ab und zog Jackett und Schuhe aus. Erschöpft setzte er sich auf die Bettkante. Es war erst 22 Uhr, und er würde trotz seiner Müdigkeit wieder nicht einschlafen können oder – falls doch – um 3 Uhr wieder aufwachen.

Zu Hause sah er lange fern und las dann noch in seinen Zeitungen, so dass seine Frau, die bereits um 21 Uhr ihre Schlaftablette zu nehmen pflegte, ihren ersten Schlaf schon hinter sich hatte und aufstand, um ihn ins Bett zu holen.

Die Schlaflosigkeit hatte er wahrscheinlich von seinem Vater geerbt. Dieser hatte sich oft bis tief in die Nacht mit seiner Frau unterhalten, die offensichtlich auch keinen Schlaf fand. Die Ergebnisse dieser nächtlichen Diskussionen waren meistens negativ: Man beschloss, den Nachbarn doch wegen irgendeines Grenzstreites anzuzeigen oder bei den Kindern endlich härter durchzugreifen.

Körner lag oft stundenlang still im Bett, um seine Frau nicht zu wecken. Wenn ihm dann Gedanken über die unsichere finanzielle Zukunft durch den Kopf gingen, schlief er erst recht nicht ein. Mit Franziska konnte er diese Sorgen nicht teilen, da sie sich sofort aufregte, weinte und krank wurde. Er hatte schon früh erkannt, dass man ihr nicht viel zumuten konnte und belastete sie daher nicht mit seinen Problemen.

Warum hatte er die Wirtin nicht gefragt, ob er eine Zeitung aus der Gaststätte mit aufs Zimmer nehmen konnte? Nochmals hinuntergehen wollte er aber nicht.

In der Nachttischschublade fand er eine Bibel, ein Blatt mit Verhaltensvorschriften im Brandfall und einen Prospekt über Gartengeräte, den wohl jemand vergessen hatte. Theo blätterte ihn durch und legte ihn zurück. Aus seiner Tasche holte er den gestreiften Schlafanzug und begann, sich auszuziehen. Da er einen Bauch hatte und enge Gürtel nicht vertragen konnte, trug er Hosenträger. Er legte seine Kleidung über den Stuhl und zog auch die lange Baumwollunterhose aus. Es würde hoffentlich warm genug sein! Das dunkelgrüne Schnapprollo am Fenster rastete nicht ein, aber es gelang ihm, das Zugband an der Heizung zu befestigen. Wenigstens fiel jetzt nicht mehr das Licht der Straßenlaterne ins Zimmer.

Er hatte vergessen, die Toilette aufzusuchen und zog sich jetzt den Mantel über. Vorsorglich nahm er sein Feuerzeug mit, um sicher gehen zu können, dass er in der Dunkelheit nicht aus Versehen auf der Damentoilette landete. Es war nicht weit, aber kalt, so dass er froh war, wieder im Zimmer zu sein. Auf das Zähneputzen verzichtete er abends meistens. Unter Mundgeruch litt er nicht, und an der Gelbfärbung seiner Zähne würde das Putzen auch nichts ändern.

Die übrig gebliebene Brotschnitte legte er auf den Nachtisch. Wenn er nachts aufwachte und sein Magen schmerzte, half ein Stück Brot am besten.

Körner knipste das Nachttischlämpchen an und die Deckenbeleuchtung aus. Dann holte er aus der Innenseite seines Jacketts die schwarze, abgegriffene Brieftasche und klappte sie auf. Sie enthielt neben einigen Geldscheinen Wagenpapiere, Führerschein, Personalausweis und ein gefaltetes, grauglänzendes, gummiartiges Papier. Die Fotokopie des Vordiplomzeugnisses seiner jüngeren Tochter hatte er heimlich in einem Schreibwarengeschäft machen lassen.

Er strich das zerknitterte Papier glatt und setzte sich die Brille auf, obwohl er den Text genau kannte. Mit den einzelnen aufgeführten Fächern konnte er nicht viel anfangen, aber den letzten Satz las er immer wieder: »Mit Auszeichnung bestanden.«

Körner legte das Blatt in die Brieftasche zurück, setzte die Brille ab und knipste die Lampe aus.

Bevor er einschlief, dachte er: »Und es lohnt sich doch ...«

Birgit Erwin
Zugvogel

Im Hotelführer konnte man den »Stern der Marsch« abrufen, er hatte sogar eine eigene Homepage. Aber wenn die Gäste sich später über mangelnde Standards beklagten, diskutierte Maria nicht mehr.

Sie hatte dieses Hotel nie gewollt. Es war Martins Idee gewesen.

»Wie können wir in einem Hotel jemals zu Hause sein. Es ist ein Widerspruch in sich«, hatte sie gefleht, aber er hatte ihr nicht zugehört.

Maria ging niemals an sein Grab, obwohl sie sich erinnerte, dass es schön ausgesehen hatte. Aber vielleicht trog die Erinnerung auch, jetzt, nach drei Jahren. Menschen gingen an Gräber, um mit den Toten zu sprechen, um sich an die schönen Zeiten zu erinnern, aber Maria konnte nicht vergessen. Sie konnte nicht vergeben, dass Martin sie mit den Ideen und Träumen, die nie die ihren gewesen waren, allein gelassen hatte.

»Frau Goldbrunner, das Zimmermädchen hat uns heute Morgen nicht geweckt, meinen Mann und mich.«

Maria blickte die dürre Frau, die aufgelöst und erbost in ihrem schreiend roten Bademantel auf der Treppe stand, mit einer Ruhe an, die aus Gleichgültigkeit geboren wurde. Frau Gense und ihr Mann bewohnten Zimmer 3. Ihn hatte sie nie etwas sagen hören, seine Frau redete dafür umso mehr.

»Haben Sie nicht gehört, das Zimmermädchen hat uns nicht geweckt«, beharrte Frau Gense.

Plötzlich fühlte Maria Wut in sich aufsteigen. »Warum auch?«, wollte sie die lästige Frau anschreien. »Warum sollten Sie aufstehen wollen. Was um Gottes Willen glauben Sie zu verpassen?«

Aber die Worte kamen nicht aus ihrem Mund. Sie wären ein Verrat an der Heimat gewesen, die sie doch einmal geliebt hatte.

»Ich werde mich darum kümmern«, sagte sie monoton und genoss es, den Strom der keifenden Stimme hinter sich verebben zu lassen, während ihre gleichmäßigen, männlichen Schritte sie durch die dunkel getäfelte Diele und aus dem Haus trugen.

Früher hatte Maria den Herbst geliebt, jetzt fiel ihr vor allem auf, wie schnell er vorbei war. Einen flüchtigen Augenblick war die ganze Natur ein wunderschöner goldener Betrug, und ehe man es sich versah, waren die Bäume kahl. Der Ehering, den sie trotz allem noch immer trug, juckte und scheuerte. Ihre Schritte raschelten in dem knöchelhohen Laub auf der Einfahrt und erinnerten sie an die Zeit, als sie noch ein Kind gewesen war. Auch ihre Hochzeit hatte sie im September gefeiert. Martin hatte ihr lachend das goldene Eichenlaub ins Haar geschüttet. Ihr Mund wurde ein harter Strich. Gerd würde das Laub zusammenkehren müssen, und das bald. Wenn es Regen gab, würde sich die gesamte Einfahrt in eine undurchdringliche Sumpflandschaft verwandeln. Einen Augenblick stellte sie sich vor, wie sie, das Haus, die Gäste, alles darin versank.

Sie, das Haus, die Erinnerungen.

Aber das würde nicht passieren, nur die Gäste würden klagen und jammern. Aus der geöffneten Haustüre drangen laute, ärgerliche Stimmen. Maria wischte die Hände an der Schürze ab, um den Streit zwischen Köchin und Zimmermädchen wenn möglich zu schlichten.

»Sie hat die Eier wieder zu lange gekocht. Und ich krieg dann den Ärger mit dem alten Weber von 15. Jeden Morgen derselbe Terror. Meckermeckermecker.«

Kati, das Zimmermädchen, reckte einen anklagenden Zeigefinger gegen die Köchin, die mit schweigendem, verkniffenem Gesicht in der Türe stand. Dieses Gesicht hatte sie seit Martins Tod nicht mehr abgelegt. Maria musterte sie kalt.

»Ich habe Ihnen doch Anweisungen gegeben, Frau Witt. Der Gast ist König.«

Das Gesicht der Frau verzog sich höhnisch. »Das war ja wohl einmal«, murmelte sie giftig.

Der Ehering juckte. Einen Augenblick genoss Maria den Gedanken, damit der Frau in ihr missbilligendes Gesicht zu schlagen. Wir wissen alle, dass du scharf auf ihn warst, du alte Hexe, dachte sie und setzte müde hinzu: Hättest du ihn doch bekommen. Laut sagte sie: »Bringen Sie das Frühstück jetzt hinauf, Kati. Ändern lässt es sich halt nicht mehr. Sind die anderen Herrschaften schon unten?«

Kati nickte nur, während sie der Köchin das Tablett aus den Händen riss und die Treppe hinaufpolterte.

Wahrscheinlich erspart sie sich damit das Klopfen, dachte Maria kopfschüttelnd und betrat den Speisesaal.

Dieses Zimmer war Martins ganzer Stolz gewesen. Das Licht flutete ungehindert durch die hohen geschwungenen Fenster, grün im Frühling, golden im Herbst, eisblau im Winter. Selbst jetzt, da die drohenden Regenwolken tief am Himmel hingen, war der Effekt ein einmaliger.

Fast bedrohlich, dachte Maria und lächelte. Ein oder zwei Regentropfen zerplatzten auf der Scheibe. Frau Gense hob missbilligend den Kopf. Das schwefelgelbe Licht streifte mit einem Hauch von Erwartung die weißen Tischdeckchen, den lieblosen Blumenschmuck und die einheitsgrauen Gesichter der Gäste, die die frischen Brötchen, Marmelade und Eier murmelnd kommentierten.

Armageddon!, dachte Maria mit einem plötzlichen, wilden Hochgefühl. Sekundenlang wollte sie die Arme ausbreiten und über das Marschland rennen wie das Kind, das sie einmal gewesen war, rennen, bis sie Vergangenheit und Zukunft hinter sich gelassen hatte. Ein Blätterregen ging nieder, als der Wind durch die sterbenden Zweige fuhr.

»Frau Goldbrunner …«

Die Gegenwart holte sie ein. Maria warf den Kopf zurück und stiefelte wortlos aus dem Frühstückszimmer.

»Gerd!«, schrie sie, ungeachtet der Tatsache, dass ihre Stimme tief und tragend durch das alte Haus schallte. »Gerd, hast du dich endlich um die Einfahrt gekümmert?«

Sie riss die Haustüre auf und sah den Fremden in einem aufgescheuchten braunen und roten Blätterwirbel stehen.

»Wer sind Sie denn?«, fragte sie entgeistert. Er stand da wie ein Geist, strich sich durch die Haare, und ein paar verwehte Blätter taumelten zu Boden. Der Anblick war wie ein Messer im Herzen, wie ein verzerrtes Echo ihrer goldenen Hochzeitsfoto-Erinnerung.

Sie starrte ihn mit wilden Augen an.

»Wer sind Sie?«

Sie merkte, dass ihre Stimme sich fast überschlug und schloss die Augen. Als sie sie wieder öffnete, war der Geist verschwunden. An seiner Stelle stand ein Landstreicher in einer alten Bundeswehrjacke, der sich schwer auf zwei Krücken lehnte. Sein linkes Hosenbein war unterhalb des Knies mit Sicherheitsnadeln hoch gesteckt. Auf dem Rücken trug er einen Rucksack und einen schlanken, schwarzen Kasten.

»Verzeihen Sie«, bat der Mann. Er war alterslos wie alle, die eine gewisse Zeit auf der Straße gelebt haben, und die staubigen blonden

Haare fielen ihm in die Stirn. Sie waren schweißfeucht. Bald würden sie klatschnass vom Regen sein. »Ich wollte Sie nicht erschrecken.«

»Sie haben mich nicht erschreckt!«, schnappte Maria und schob die zitternden Hände unter die Schürze.

»Das Gewitter kommt näher«, sagte der Mann scheu. »Ich habe hier gestanden und mich gefragt, ob ich um ›ein wirtlich Dach‹ bitten darf, bis der Sturm vorüber ist.«

Unwillkürlich blickte Marie nach dem Horizont. Der Fremde hatte Recht. Der Himmel hatte sich jetzt vollkommen verfinstert, und das Marschland war nicht gütig zu einem einsamen Wanderer. Sie stellte sich vor, wie er auf seinen Krücken durch den aufgeweichten Boden humpelte. Und sie stellte sich vor, wie Martin auf die Bitte dieses Mannes reagiert hätte.

Stumm öffnete sie die Türe ein Stückchen weiter und ließ den Fremden eintreten.

»Drinnen ist grad Frühstück. Wenn Sie Hunger haben.«

Sie bot dem Mann keine Hilfe an, als er die Krücken gegen die Wand lehnte und den Rucksack schwerfällig auf den Boden plumpsen ließ. Sie sah die feine Staubwolke, die aus dem dicken Stoff aufwirbelte und empfand nichts.

Als er sich aufrichtete, fiel Maria auf, dass er den schwarzen Kasten noch immer an einem Lederband um die Schulter geschlungen trug.

»Ich kann bezahlen, wenn Sie mich lassen«, sagte er, und zum ersten Mal huschte ein schwaches Lächeln über sein Gesicht. »Allerdings habe ich kein Geld.«

Da stand er in Martins sauberer Hausmannsdiele und war genau die Art Mensch, vor der er sie immer gewarnt hatte, als Mensch und als Hotelbesitzerin. Sie erwiderte das Lächeln bitter. »Gehen Sie nur. Wenn ich mir keine Gedanken darüber mache, müssen Sie es auch nicht.«

Es hätte sie schon gereizt, die Gesichter der Genses und der Müllers und Schneiders zu sehen, wenn der einbeinige Landstreicher in ihre Spitzendeckchen-Frühstückseiwelt humpelte, aber sie versagte sich dieses Vergnügen. Als sie die Treppe zu den Zimmern hinaufstieg und auf ihre ächzende, widerwillige Melodie lauschte, stellte sie sich vor, wie es wäre, nur ein Bein zu haben. Auf einem Bein eine Treppe zu erklimmen, war erstaunlich schwierig. Sie hatte sich gerade eine weitere Stufe mit durchgedrücktem Knie hinaufgezogen, als erst der erste, dann der zweite Weber-Enkel in sie hineinrannte.

Auf dem Treppenabsatz drehten sie sich überrascht um, kicherten und polterten grußlos weiter. Mit hochrotem Kopf setzte Maria ihren Weg fort. Regen prasselte auf das malerische, verdammte, zugige Rieddach.

Wäre ihr Leben anders verlaufen, hätte Maria sich sicher als junge Frau bezeichnet. Sie war noch keine vierzig, keine Geburt hatte ihre Figur zerstört, sie war jung genug, um ihre weichen Haare offen zu tragen und knappe Pullover anzuziehen. Aber so wie ihr Leben verlaufen war fühlte sie sich nicht mehr jung.

»Ich habe dir alles gegeben, du Scheißkerl!«, sagte sie laut und hüpfte unbeholfen die letzte Stufe hinauf. Ihr Knie schmerzte und sie machte zwei langsame bewusste Kniebeugen. Aus dem hinteren Zimmer hörte sie Katis klobige Stiefel poltern, unten glotzten die widerlichen Weber-Gören zu ihr hinauf und stopften sich dabei Erdnüsse in die offenen Münder. Sie fragte sich, was sie ihrem sensiblen, möchtegern-vornehmen Großvater wohl erzählen würden. Ob er in einem Hotel bleiben konnte, in dem die Besitzerin nicht nur fluchte, sondern ganz offensichtlich verrückt war?

Der Donner kam mit einem tiefen eckigen Rumpeln näher. Sie drehte den Kopf, als ob sie ihn sehen konnte, stattdessen sah sie nur die streitlustige Frau Gense durch das Treppengeländer hinaufschauen. Die geschnitzte Stange zerschnitt ihr Gesicht in zwei groteske Teile. Ein Mund, dem die Mitte fehlte, öffnete sich: »Frau Goldbrunner, im Speisesaal sitzt ein Obdachloser.«

Sie sagte nicht Penner oder Landstreicher. Frau Gense wusste, was sie der heutigen Zeit schuldig war.

»Ja«, sagte Maria. »Ich weiß.«

»Es ist nicht so, dass er einfach nur da sitzt. Er hat die Fenster geöffnet.«

Unwillkürlich machte Maria ein, zwei Schritte rückwärts die Treppe hinunter.

»Er hat ... was?«

»Mein Gatte wird sich den Tod holen. Er hat eine angegriffene Gesundheit.«

Verreck!, dachte Maria, aber der Gedanke kam automatisch und ohne wirkliche Bosheit. Sie drehte sich um und ging die Treppe hinunter. Ihre Hand schleifte dabei träumerisch auf dem Geländer.

Zum ersten Mal seit drei Jahren unternahm sie die Anstrengung, sich bewusst an Martins Gesicht zu erinnern, sein bezauberndes, bestrickendes Gesicht über dem perfekten Krawattenknoten und dem weißen Hemd, das makellos war, und sie malte das Entsetzen hinein, das Frau Genses Worte bei ihm ausgelöst hätten. Er hatte das Hotel aufgebaut und eingerichtet, geliebt und gepflegt. Und dann hatte er die Türen und Fenster verschlossen.

»Nicht, Liebling, dafür haben wir die Klimaanlage.« Und er hatte sanft den Griff der hohen Bogenfenster aus ihrer Hand gewunden und hatte sie für immer eingesperrt.

Etwas berührte sie. Maria erschrak, aber es war nur ein verwehtes Herbstblatt, das über ihren Fuß raschelte und in den Schutz des Treppenabsatzes kroch.

Ein Windstoß griff ihr in die Haare.

In dem massiven Eichentürrahmen stand Frau Gense, halb drinnen, halb draußen und reckte einen anklagenden Finger in das Innere des Raumes. Worte kamen aus ihrem Mund, aber sie wurden verschluckt von dem plötzlichen, lang gezogenen Donnerschlag. Ein Windstoß peitschte den Regen durch die offenen Fenster in Brötchenkörbe und Kaffeetassen. Maria machte ein paar Schritte an Frau Genses arbeitendem Fischmaul vorbei in den Raum.

Fünf Fenster standen weit offen und schlugen zitternd gegen die plüschigen Falten der Vorhänge. Auf den Gesichtern der Gäste las sie erstarrten Protest. Aber Marias geblendete Augen suchten nur den einen, den sie nicht eingeladen hatte. Schwefelgelb war zu schwarz geworden.

Der Donner brüllte.

Der Landstreicher blickte sie an und nahm die Hand langsam von dem Griff des letzten Fensters und stützte sich schwer auf den Griff der Krücke. Er bot nicht an, die Fenster wieder zu schließen. Ihre Blicke berührten sich.

Maria kam langsam näher.

»Martin hat sie verschlossen ... wie ...?«

»Es war nur eine Kindersicherung. Haben Sie Kinder?«

Sie starrte über das dunkle Marschland.

»Wir hatten das Hotel.«

Der Regen tropfte in schweren Tropfen über das Gesicht. Er schenkte ihr einen prüfenden Blick.

»Ich hatte versprochen, dass ich Sie bezahle für das Essen und die Aufnahme. Es wird schwerer als ich gedacht hatte.«

Es war eine seltsame Unterhaltung, die sie unter dem Toben des Gewitters hindurch führten, in einer Frequenz, die nicht von Mund zum Ohr zu gehen schien. Maria sah zu, wie er den Raum durchquerte. Er hinterließ eine seltsame Spur auf dem Fußboden, die Spur eines dreibeinigen Tieres mit einem klobigen Menschenfuß.

»Wollen Sie nicht endlich das Fenster schließen, Frau Goldbrunner«, wimmerte die Gense von ihrem Fluchtpunkt an der Türe. »Mein Mann …«

Marias Kopf fuhr herum. »Halten Sie doch endlich den Mund!«

Frau Gense öffnete den Mund, schloss ihn wieder. Donner krachte, und plötzlich sah Maria im Zucken eines Blitzes die eingefallenen Wangen der Frau, die Falten, die zu früh gekommen waren. Sie fuhr sich mit der Hand erschrocken über das eigene Gesicht. Gleichzeitig schien die Wut in ihrem Herzen zu zerplatzen. Maria holte tief Atem.

»Sie sind doch gekommen das Marschland zu sehen. Da ist es. Da.«

Sie streckte die Hand aus, und wusste nicht, ob sie es der fremden Frau zeigte oder der Frau, die sie selber geworden war. Dabei fühlte sie den Blick des Landstreichers auf ihrem Gesicht, und sie hatte das kindlich-frohe Gefühl, etwas richtig gemacht zu haben.

Er nickte ihr zu. Dann bückte er sich, ohne sie aus den Augen zu lassen, nach dem schwarzen Kasten, öffnete ihn und hob eine Geige heraus. Für einen Augenblick lag das diffuse Gewitterlicht wie zärtlich auf dem rotbraunen Leib des Instrumentes.

Marias Gäste blickten den Krüppel mit seiner Geige an.

Das gepflegte Haar des alten Herrn Weber war vom Wind auseinander gerissen und vom Regen wieder angeklebt worden. Seine beiden Enkel kicherten nicht mehr, und ihre halb geöffneten Münder galten dem Schauspiel draußen, nicht mehr der halb leeren Tüte Erdnüsse. Sogar Frau Gense schwieg. Nur das Gewitter schwieg nicht.

Irgendwann löste Maria den Blick von den Gesichtern ihrer Gäste, die vertraut und gleichzeitig so fremd aussahen, dass sie Mühe hatte, den Anblick mit den Menschen zu verbinden, die für eine Woche oder zwei oder ein paar Tage herkamen, sich beklagten und wieder abreisten. Gäste klagten immer, das hatte sie lange verstanden. Aber jetzt nahmen der Donner und der Regen ihnen die Sprache, knebelte sie und ließ nur großäugige, leere Gesichter zurück.

Sie fragte sich, ob der Fremde wirklich spielen würde, aber als sie ihn ansah, strich sein Bogen bereits über die Saiten der Geige.

Zuerst hörte sie ihn nicht, dann merkte sie, dass er unter dem Donner spielte, in jener sonderbaren Frequenz, die sie zu lange nicht mehr gehört hatte.

Ihn jetzt zu hören, war für sie ein Déjà-vu-Erlebnis, das sie traurig machte. Sie war sicher, nie einen einbeinigen Straßenmusikanten getroffen zu haben. Einbeinige Straßenmusikanten standen in den Großstädten an Straßenecken mit einem Colabecher aus Pappe vor sich, in dem ein paar Pfennige lagen. Arme Hunde waren das, die Mitleid verdienten und es selten bekamen.

Seine Finger tanzten im Takt der Blitze. Der Bogen sprang und hüpfte. Wieder berührten sich ihre Blicke. Seine Augen waren braun wie das Marschland. Zu seinen Füßen lagen regenschwer und glänzend die Blätter, die der Wind hereingefegt hatte.

Früher hatte sie an Wesen wie ihn geglaubt.

»Martin«, flüsterte sie. Es hatte eine Zeit vor den Krawattenknoten und den geschlossenen Fenstern gegeben. Seine Hand war rau und warm von der Arbeit im Freien gewesen. Wenn die Stürme über das Land fegten, hatten sie auf dem Rücken gelegen und in die Wolken geblickt.

»Lass uns immer hier bleiben!«, hatte sie gesagt. Da war der Gedanke aufgeblitzt.

»Ein Hotel. Wir könnten das hier mit allen Menschen teilen.«

Er hatte von einem Hotel geträumt, aber es war ein Gefängnis geworden.

Oder hatte sie einfach nicht teilen wollen?

»Martin«, wiederholte sie sanft. Das Gegenstück. Sie hatte es gefunden. Und hatte es wieder verloren. Der Regen rauschte jetzt gleichmäßig und ohne Wut auf das Dach, den Weg, die Blätter. Das Laub in der Einfahrt wurde ein rotbrauner Brei, den der Regen mehr und mehr aufschwemmte. Es war ein satter nasser Ton. Noch ein letzter Blitz und noch einer. Der Himmel wurde hellgrau.

Der Fremde hatte die Geige vom Kinn genommen und machte eine unbeholfene kleine Verbeugung in den Raum. Er lächelte. Vereinzelt wurden Hände verlegen gegeneinander geklatscht.

»Danke«, sagte Herr Gense laut. Er hatte eine angenehme Stimme. Seine Frau schwieg. Der Fremde verbeugte sich noch einmal, dann legte er die Geige in den Kasten und schlang sich den Riemen über die Schulter.

Im Vorbeigehen nickte er Maria zu. Seine Worte streiften sie sanft. »Ich hoffe, ich habe bezahlt.«

»Sie ... ich ...« Maria wurde rot. »Sie wollen da doch nicht hinaus? Gehen Sie noch nicht. Es regnet und Sie sind ...«

Er blieb stehen, und er schien ihr Gesicht und die Natur draußen gleichzeitig zu betrachten. »Haben Sie jemals am Bahnhof die Tauben beobachtet?«

Verwirrt schüttelte sie den Kopf und ein Schwall Kälte tropfte ihr in den Kragen.

»Keine von ihnen hat noch alle ihre Zehen. Manche laufen auf einem Fuß. Neulich habe ich eine beobachtet, die an jedem Fuß nur noch eine Zehe hatte.«

»Oh«, sagte Maria, die nicht verstand.

»Bedauern Sie sie nicht«, sagte der Fremde und wuchtete den staubigen Rucksack auf die Schultern. »Sie können fliegen.«

Gunnar Kaiser
Der Brief

Ich wünschte, ich müsste nicht hinsehen. Es ist November, eine kalte Nacht mit Regenschauern. Der Himmel über dieser Stadt ist bedeckt, die Wolken hängen so tief, dass man von meinem Fenster aus nicht einmal die Türme des Münsters sehen kann. Auch die neuen Bürohäuser im Osten liegen im Dunst, aber nicht ganz. In einigen Fenstern brennt noch Licht.
Zu so später Stunde. Wer mag da wohl noch arbeiten? Ich wünschte, ich müsste nicht hinsehen. Ich wünschte, niemand müsste das sehen.
Ich war im Bett, als ich dieses Geräusch hörte. Das Geräusch einer Katze vielleicht, die am Fenstersims entlang schleicht. Aber Katzen machen wenig Geräusche, und normalerweise ist mein Schlaf gesund, schon seit ich klein war, habe ich gut geschlafen. Vielleicht war es eine Taube, die versehentlich gegen das Glas geflogen ist. Aber so laut war es nicht.
Die ungewohnten Geräusche. Ein ungewohntes Zimmer. Und doch: mein Zimmer. Am Tag habe ich es erkannt, ich sah die Räume, sah die Wände, sah die Fenster und dachte: Das war mein Zimmer. Es hat sich viel verändert, natürlich, nach all den Jahren, alles verändert sich mit der Zeit. Aber das ist es, das ist mein Zimmer gewesen, habe ich am Tag gedacht, als ich ankam.
Mein Zimmer. Vor mehr als sechzig Jahren, das Zimmer, das erst meinem Bruder gehörte und dann mir, als er ausgezogen war. Das Zimmer, in dem ich neun Jahre lang jede Nacht geschlafen habe, an dieser Stelle, wo ich gerade gelegen habe. Auf einem anderen Bett freilich, die Leute vom Hotel haben unsere Sachen damals natürlich auf den Sperrmüll gebracht und in mein Zimmer ein schönes federndes Doppelbett aus Mahagoni gestellt. Wer wollte es einem tagesmüden Gast auch zumuten, in dem quietschenden Metallgestell zu ruhen, auf dem ich damals schlief?
Damals. Wie hört sich das an? Sechzig Jahre war ich nicht mehr hier, sechzig Jahre war ich nicht mehr in dieser Stadt, sechzig Jahre mussten vergehen, bevor ich mein Zimmer wieder sehe. Aber jetzt wünschte ich, nicht hier zu sein. Es ist nicht mein Zimmer, es ist nicht das gleiche. Sie müssen mir ein anderes gegeben haben, es ist

nicht das, wonach ich verlangt habe. Vielleicht haben sie sich vertan, vielleicht wollten sie nur nicht zugeben, dass mein Zimmer schon belegt ist und sie leider nichts machen können. Gebt dem Alten doch ein anderes, er wird es nicht bemerken, seht ihn euch doch an.

Und wie Recht haben sie. Tagsüber habe ich es nicht gemerkt. Jetzt, wo es draußen dunkel ist, stehe ich hier am Fenster, das meines sein sollte, blicke auf eine Stadt, die meine sein sollte, aber nichts ist gleich. Und doch: Es muss mein Zimmer sein. Den Beweis habe ich doch hier, in meinen eigenen Händen.

Natürlich ist es mein Zimmer. Es gibt in diesem riesigen Haus keine anderen, die so geschnitten sind, mit der kleinen Einbuchtung dort in der Wand. Dieses riesige Haus. Über hundert Zimmer müssen das hier sein, habe ich früher gedacht. Hundert leere Zimmer, keines wie das andere, viel zu viele waren es für uns. So viele Zimmer waren es, waren nur dazu da, um hohl zu klingen, wenn man an die Tür schlug. Tatsächlich waren es wohl nie hundert, auch nicht, als ich noch sehr klein war. Aber viele waren es und sind es heute noch, manche Dinge ändern sich nicht. So viele Zimmer hat dieses Haus, dass man ohne weiteres ein Hotel oder eine Pension daraus hätte machen können. Was sie dann auch gemacht haben.

Es muss mein Zimmer sein, denn es ist mein Brief, den ich hier gefunden habe und der mir in den Händen zittert. Das ist mein Umschlag, das ist meine Schrift dort auf dem Umschlag. Und das ist mein Name dort. Absender und Empfänger gleich. Absender: Johann Richter, zweites Zimmer, zweiter Stock. Empfänger: Johann Richter, Adresse unbekannt.

Trotzdem hat er mich erreicht, mein eigener Brief. Postlagernd sozusagen. Absender und Empfänger sind identisch, aber sie gleichen sich nicht. Warum musste ich diesen Brief hier finden? Warum musste ich wissen, ob das Fenster noch das alte ist? Warum musste ich mitten in der Nacht aufwachen und aufstehen? Warum musste ich in diese verfluchte Stadt fahren und dieses riesige Haus, das Haus meiner Eltern, aufsuchen, als sei das nicht schon längst alles abgeschlossen?

Vorüber und vorbei.

Vielleicht war es ein Kauz, der irgendwo dort drüben in den Bäumen sitzt und gerufen hat. Käuze rufen in der Nacht, das ist sicher. Vielleicht hat er mir zugerufen: »Wach auf, Johann. Steh auf und erinnere dich. Du hast deinen Brief vergessen.«

Damals gab es noch recht viele Käuze hier in der Umgebung. Damals war das noch ein Dorf hier, dahinten, wo jetzt die Tankstelle steht, begann der Wald. Ich kann mich gut an die Geräusche der Nacht erinnern. Nichts ist wie damals. Aber vielleicht war es wirklich ein Kauz. Warum nicht?

Wie alt können Käuze werden? Älter als Menschen? Woran können sich Käuze erinnern? An Dinge, die wir selber nicht mehr wissen wollen? Ich wünschte, ich wäre nicht aufgestanden. Ich denke an die Leute, die heute Nacht hier schlafen in den hundert Zimmern, die immer leer standen. Sind sie auch aufgewacht von diesem Geräusch? Stehen sie auch am Fenster wie ich? Finden sie auch alte Briefe, die sie selbst geschrieben haben? Hundert Zimmer, hundert Menschen. Hundert Leben, die hier in einer unbedeutenden Nacht zusammenkommen ohne voneinander zu ahnen, um sich morgen früh wieder zu trennen. Das scheint mir ein Hotel für Durchreisende zu sein. Das Haus meiner Eltern ist eine Absteige für eine Nacht. War es nicht damals schon so, als wir noch hier wohnten? Und die Durchreisenden waren wir?

Was für Menschen mögen diese Leute sein, welche Leben mögen sie mit sich herumschleppen von einem Hotelzimmer zum nächsten? Abends kommen sie an, sehen kaum etwas von der Stadt oder vom Haus, nehmen das Essen auf ihrem Zimmer ein, blättern noch ein paar Akten durch, reiben sich die Augen und fallen ins Bett. Was für verdächtige Leute sind hier zusammengekommen und werden doch so gut empfangen und behütet!

Johann Richter schreibt mir. Mir altem Mann schreibt so ein halbwüchsiger Spund. Wie alt bin ich damals gewesen? Vierzehn, fünfzehn? Vielleicht schon sechzehn. Da haben wir noch hier gewohnt, bevor Vater alles verloren hat. Siehst du mir zu von irgendwo da draußen, Papa? Sitzt du in einem der Räume dieser Bürohäuser? Bist du ein Kauz, der mich ruft in der Nacht? Ich bin wieder da, Papa, und ich habe etwas gefunden. Gleich hier am Fenster war es, hier am linken Rahmen des Innenfensters, wo das Holz ein wenig rauer ist. Das Fenster haben sie nicht rausgenommen, zum Glück oder Unglück, wer weiß? Der Rahmen ist an einigen Stellen innen hohl, und an der oberen Ecke ist ein kleines Loch, in das man etwas hineinschieben kann, einen Stift vielleicht oder ein zusammengerolltes Papier. Einen Brief vielleicht.

Es war der Sommer, in dem mein Bruder gestorben ist. In einer dieser warmen Nächte. Sechzehn muss dieser Johann Richter damals gewesen sein. In einer Nacht ist er aufgestanden, hat sich ans Schreibpult gesetzt, Papier und Stift genommen und geschrieben. Er hat diesen Brief geschrieben, in dem er mich etwas fragen wollte. In dem er Rat gesucht hat. Ich kann mich nicht mehr genau daran erinnern, um was es ging.

Ich weiß nur, dass er nie eine Antwort gekriegt hat.

Was will dieser Junge von mir? Ich wünschte, ich hätte seinen Brief nicht gefunden. Will er mich an sich erinnern? Dazu braucht es keinen Brief. Er wollte mich damals etwas fragen, das weiß ich noch. Wie ich zu dem geworden bin, was ich jetzt bin. Ob er noch lange so sein würde wie er damals war. Ob es niemals ein Ende all dieser Dinge gibt. Ob die Zeit alle Wunden heilt. Ob die Dinge sich verändern.

Ich weiß es nicht. Warum fragst du mich? Ein kleines Loch in einem Holzrahmen, ein zusammengerollter Umschlag steckt darin. Keiner kann ihn sehen, wenn er nicht von ihm weiß. Sechzig Jahre wartete dieses Papier auf mich und auf den Moment, an dem es geöffnet und auseinandergefaltet und gelesen wird. Sechzig Jahre wartet der Absender auf eine Antwort, jeden gottverdammten Tag, jede traumlose Nacht wartet Johann Richter auf eine Antwort auf die Frage, wer er denn ist, wer er denn sein wird, was er denn tun soll. Jeden Morgen wacht er auf, denkt an den Brief im Fensterrahmen, jeden Mittag nach der Schule denkt er an diese Fragen, jeden Abend beim Essen denkt er an den Johann Richter, der er einst sein wird. Irgendwann kommen diese Leute und nehmen ihm sein Zimmer weg, weil sein Vater alles verloren hat. Die Familie muss ausziehen, hinaus aus dem riesigen Haus mit den vielen Stockwerken und den vielen Zimmern, muss einziehen in ein Zwei-Zimmer-Apartment in der Stadt, in einem Viertel, wo es keine Bäume gibt und keine Käuze, die nachts rufen. Da ist wenig Platz, da ist es gut, dass der Bruder schon vor Monaten zur Armee gegangen ist und das alles nicht miterleben muss. Irgendwann zieht der zweite Sohn auch aus, findet einen Job, der ihn in eine andere Stadt bringt, weit weg von allem hier. Er arbeitet hart, er macht etwas aus sich, dann heiratet er und irgendwann vergisst er den Brief im Fensterrahmen, aber er vergisst nicht die Fragen, die er gestellt hat.

Und irgendwann ist er achtzig, und an einem regnerischen Tag im November kommt er wieder in sein Dorf. Es ist jetzt eine Stadt mit Hochhäusern und Bürotürmen und Tankstellen und Hotels, ein Hotel ist in dem großen Backsteinhaus untergebracht, das seinem Vater gehörte. Er hat davon gewusst, also geht er hin und nimmt sich ein Zimmer, obwohl er eigentlich am gleichen Tag schon weiterreisen will. Der Bahnhof ist nicht weit von hier, also kann er sich ja immer noch anders entscheiden und die Sachen packen und wieder gehen. Aber er geht nicht. Er bleibt und verlangt sein altes Zimmer zurück, er verlangt die alten Dinge zurück, die alte Zeit will er zurück, aber sie können es ihm nicht geben an diesem Tag. Und er liegt in einem Raum, der dem aus seiner Erinnerung ein wenig gleicht. Er liegt in einem neuen Bett und starrt an die Decke und es dauert lange, bis er eingeschlafen ist. Irgendwann weckt ihn der Ruf eines Kauzes, er geht ans Fenster, sieht hinaus und sieht die dichten Wolken über der Stadt.

Die Türme des Münsters sind nicht zu sehen. Wie verrückt das alles ist.

Ich merke, dass ich kalte Füße habe, und gehe zum Bett, wo ich mich setze und meine Hausschuhe anziehe. Ich stehe auf, die Matratze federt leicht nach, kein Quietschen ist zu hören. Ich gehe an die Wand neben der Tür, wo das Waschbecken eingebaut wurde. Darüber hängt ein Spiegel. Ich sehe mich in dem Spiegel an, sehe mein Gesicht, doch ich kann mich nicht erkennen, da es zu dunkel ist. Der Mond scheint nicht heute Nacht. Früher, wenn es sternenklar war, dann schien der Mond genau auf den Fuß meines Betts und ein wenig später auf das Schreibpult in der Ecke. Heute sind Wolken über der Stadt, da bleibt alles dunkel.

Ich gehe zurück zum Bett. Dort steht mein Koffer, den ich seit Jahrzehnten auf solche Reisen mitnehme. Vielleicht sollte ich mir einen neuen Koffer zulegen, muss ich denken. Ich öffne die Schnallen, klappe den Koffer auf und ziehe ein Lederetui zwischen den Sachen heraus. Ich nehme eine Nagelschere aus dem Etui und gehe zum Waschbecken.

Ein Luftzug weht mir vom Fenster her über die Haare. Ich hebe die Hand und sehe den Brief im Spiegel. Ich sehe, wie mir jemand zuwinkt mit diesem Brief. Ich wünschte, ich müsste nicht hinsehen.

Ich lege den Brief auf die Ablage, lege die Schere darauf. Neben dem Waschbecken steht ein Papierkorb aus Plastik.

Morgen, denke ich und gehe wieder zum Bett hin. Ich ziehe die Decke bis über meinen Kopf und spüre, wie der Mond durch die Wolken bricht. Das Licht legt sich weich auf meine Füße. Diesmal schlafe ich sehr schnell ein.

Hannelore Wiese
Das Treffen

Kennen Sie Babelsberg? Noch lange nach der Wende sah es in den Straßen um den Stadtbahnhof ziemlich trostlos aus. Dann fing man an, Häuser zu renovieren, Fassaden zu verklinkern und zu streichen und Zäune zu erneuern. Der Stadtteil putzte sich heraus. Nur die Straßenpflasterung war bisher das Stiefkind der Verschönerungsaktion geblieben, als ich wieder einmal hinfuhr.

Den ganzen Weg von der Stadtbahn bis zum Hotel hüpfte mein Trolley, das ist mein kleiner roter Reisekoffer, über das unregelmäßige Straßenpflaster und verursachte eine Menge Lärm in dieser fast dörflichen Stille. Als ich nach zehn Minuten das Hotel immer noch nicht gefunden hatte, fragte ich einen Mann, der in einem Hauseingang stand. Freundlich und geduldig erklärte er mir den Weg und wünschte mir sogar noch eine schöne Zeit in Babelsberg. Ich freute mich darüber, denn viel öfter erlebte ich, dass ich auf meine Frage nach dem Weg mit einem Achselzucken und einem »weiß nich« abgefertigt wurde.

Kurze Zeit später war ich im Hotel angelangt. An der Rezeption herrschte Gedränge, denn kurz vor mir hatte eine Reisegruppe das Hotel betreten. Also zog ich mich auf einen der bequemen Sessel einer Sitzgruppe am Fenster zurück und wartete. Ich hatte ja Zeit und sagte mir das im Stillen auch immer wieder ausdrücklich vor, denn ich war eigentlich ziemlich aufgeregt.

Ich war verabredet – ein Blind Date, würden meine Kinder sagen, und ich war mir sicher, dass sie nicht wie meine Freundin noch anfügen würden »in deinem Alter«. Sie schienen überhaupt recht zufrieden zu sein mit ihrer Mutter. Jedes Mal, wenn ich mich wieder auf Reisen begab oder in der näheren Umgebung Ausstellungen oder Vorträge besuchte, nannten sie mich ihre unternehmungslustige Mama. Dahinter steckte aber wahrscheinlich eine gehörige Portion Erleichterung, dass ich ihnen nicht zur Last fiel. Ich sah ja auch gar keine Veranlassung, mich mit meinen sechzig Jahren schon in einen Stuhl zu setzen und mir selbst beim Altwerden zuzuschauen. Mein Mann war seit zehn Jahren tot und hatte mich finanziell gut versorgt zurückgelassen. Seit nun die Kinder ihrer eigenen Wege gingen, hielt mich nichts mehr zu Hause, denn da wäre ich ja doch nur allein gewesen. Fünf Zimmer hatte ich für mich zum Bewohnen, und da ergriff ich in regelmäßigen Abständen die Flucht, um zu reisen und in einem Hotelzimmer zu wohnen.

Jetzt also war ich mit einem Mann verabredet, den ich über das Internet kennen gelernt hatte. Vom Chatten war es über E-Mails weitergegangen, in denen wir unsere Meinungen über alle möglichen Themen wie Umweltverschmutzung oder Sinn und Auftrag der Europäischen Union ausgetauscht hatten. Und nun, nach immerhin zwei Jahren, hatte ich mich zu einem Treffen überreden lassen.

Wir waren vor dem Babelsberger Filmpark verabredet und hatten als Kennzeichen einen roten Schal ausgemacht. Denn Fotos hatten wir bisher nicht ausgetauscht. Auch wo ich herkam und meinen Nachnamen hatte ich ihm bisher nicht geschrieben. Er hatte mich nie gefragt, und auch von ihm wusste ich nur, dass er Tobias hieß. Wenn ich jetzt so darüber nachdachte, verwunderte es mich doch ein wenig – ein bisschen spät, ich weiß. Aber da ich das Ganze als reine Brieffreundschaft angesehen hatte, war es mir auch nicht wichtig gewesen. Hoffentlich habe ich nicht E-Mails mit meinem Nachbarn ausgetauscht, kicherte ich etwas hysterisch in mich hinein.

»In Babelsberg«, hatte er geschrieben, »da bin ich aufgewachsen und immer, wenn ich nach Berlin fahre, übernachte ich in Babelsberg in einem Hotel. Denn ich habe sonst niemanden mehr dort.«

In diesem Hotel war ich nun auch abgestiegen, obwohl ich geschrieben hatte, dass ich in Griebnitzsee übernachten würde. Wenn alles gut ging und wir uns verstanden, würde er mir wohl diese kleine Lüge verzeihen. Denn ich wollte ihn mir erst einmal ansehen, bevor es zu dem Treffen kam. In einer E-Mail hatte Tobias sein Aussehen beschrieben, und ich hatte etwas geschmunzelt, weil er wohl ein wenig eitel zu sein schien. Aber nun hoffte ich, dass ich ihn auf Grund dieser Beschreibungen erkennen würde. Sie merken es also, so ganz geheuer war mir die Sache selbst nicht. Dass ich an einen Spinner geraten könnte, die Gefahr bestand ja durchaus.

Nachdem es nun an der Rezeption etwas leerer geworden war, meldete ich mich an und ließ mich von einem Angestellten auf mein Zimmer bringen. Ich war durchaus in der Lage, meinen kleinen Koffer selbst zu tragen, aber ich genoss auch diesen fürsorglichen Service.

Es war ein sehr helles Zimmer mit großen Fenstern. Als ich hinausschaute, musste ich lachen. Denn irgendwie geriet ich in letzter Zeit immer in Hotelzimmer mit Ausblick auf einen Friedhof. Nun, es störte mich nicht, denn wenn Friedhöfe schön angelegt sind und es interessante Steine zu sehen gibt, sind sie für mich oftmals einen Spaziergang wert.

Auf dem Schreibtisch stand einladend eine kleine Flasche Rotwein mit einem schlichten Kelchglas daneben. Ein Glas Rotwein für die notwendige Bettschwere war nicht schlecht, denn ich hatte oftmals Probleme mit dem Einschlafen, vor allem, wenn ich den ganzen Tag allein verbracht hatte und mit niemanden plaudern konnte.

Das übliche Betthupferl auf dem Kopfkissen hatte ich schon beim Hereinkommen registriert. Es war ein kleines Täfelchen Zartbitterschokolade. Meine Vorliebe für Süßes war mir leider ein wenig anzusehen, doch es störte mich nicht. Ich fühlte mich wohl.

»Ich finde es gut, wenn Frauen auf ihre Figur achten und sich elegant kleiden«, hatte Tobias geschrieben. Dazu hatte ich mich nicht weiter geäußert, denn ich empfand mich nicht gerade als fett. Als gelernte Modezeichnerin und Schneiderin war es mir möglich, die Stoffschnitte den Eigenheiten meiner molligen Figur anzupassen, und ich hatte mit meiner Garderobe bisher nur Komplimente bekommen.

Das Bad hatte vor meinen kritischen Blicken bestanden und bevor ich mich für das Abendessen zurechtmachte, duschte ich lange und genüsslich. Die bereitliegenden Duschgeltütchen strafte ich mit Verachtung, denn haben Sie schon mal versucht, mit nassen Händen so ein Tütchen aufzureißen? Ja, ich weiß, dass man sie ja schon vorher aufmachen könnte, aber außerdem ist da immer viel zu wenig drin.

Als ich das Hotelrestaurant betrat, sah ich mich erst einmal um und machte eine schnelle Bestandsaufnahme. Es saßen nur zwei Paare an verschiedenen Tischen, aber es war kein Mann da, der allein saß. So wählte ich einen Platz, von dem aus ich den ganzen Raum überblicken und sehen konnte, wer den Raum betrat. Ich hatte mir nur eine Käseplatte bestellt, wie ich es immer abends halte, wenn ich unterwegs bin. Zum einen schmeckt mir abends kein großes Menü mehr, und zum anderen ist für mich selbst die Aufmachung einer solchen Platte immer ein kleiner Hinweis auf die Qualität der Küche. Und die hier konnte sich wohl sehen lassen. Vom Camembert über handlich geschnittene Edamerscheiben lagen kleine Handkäse, scharf gewürzte Frischkäse und Ziegenkäse-Ecken appetitlich vereint mit Kirschtomaten, Kiwischeiben und Weintrauben auf einem Teller. Ein Korb mit verschiedenen Brotsorten und streichfähige Butter, zum Ganzen ein trockener Weißwein – mir ging es gut.

Während ich mir genüsslich meine Käsehäppchen in den Mund schob, beobachtete ich die anderen Gäste. Ich wusste natürlich nicht, ob mein unbekannter Bekannter überhaupt schon eingetroffen war, aber trotzdem musterte ich die Männer besonders eingehend, die allein das Restaurant betraten.

Die Reisegruppe betrat lärmend das Restaurant, und ich war neugierig, wie sie sich wohl an den Tisch setzen würden. Die Männer mit ihren dazugehörigen Frauen oder auf der einen Seite die Männer und auf der anderen Seite die Frauen? Die Frauen setzten sich an das äußere Ende der Tafel und steckten sofort die Köpfe zusammen und die Männer an das andere Ende zur Raummitte hin. Ich fand das sehr geschickt, denn so mussten sich die Männer um die Aufmerksamkeit der Bedienung bemühen.

In den ersten Jahren nach dem Tod meines Mannes war ich auch oft mit einer Gruppe auf Reisen gegangen. Aber das hatte ich dann bald aufgegeben, weil mir die hammelherdigen Besichtigungstouren nicht lagen. Touristische Attraktionen als gesehen abzuhaken ist nicht mein Ding. Wenn mir ein Ort besonders gefällt, dann verweile ich gern ein wenig länger und lasse mich nicht gern herumscheuchen.

Das Restaurant war inzwischen schon recht voll, als wieder ein einzelner Mann kam und suchend umherblickte, wo noch ein freier Platz war. Vertreter – war mein spontanes Urteil, auf Grund seiner Kleidung und weil er eine Laptoptasche dabei hatte. Seine Firma zahlte ihm wohl einen großzügigen Spesensatz, wenn er hier übernachtete. Mein Mann hatte auch als Vertreter für ein Pharmaunternehmen gearbeitet, und er hatte immer darauf geachtet, dass die Übernachtungen nicht zu viel kosteten. Dieser hier musste wohl gemerkt haben, dass ich ihn beobachtete und sah mich an. Ich schaute sofort zur Seite, doch es nutzte nicht. Er setzte sich an den Tisch vor mir, und als er sich auf seinem Stuhl zurechtgerückt hatte, schaute er zu mir herüber und lächelte mich plötzlich in einer Art und Weise an, dass ich erst einmal stutzte. War er das? Hatte er mich eher erkannt als ich ihn? Nein, er war blond, und mein Internetpartner hatte sich als braunhaarig beschrieben. Außerdem war ich ja angeblich in Griebnitzsee abgestiegen.

Na toll, dachte ich mit einem resignierenden Seufzer. Das kommt davon, wenn man die Leute so anstarrt. Außerdem hielt ich inzwischen nichts mehr von Vertretern. Auf meinen vielen Reisen hatte ich schon eine Menge kennen gelernt, die nur auf ein schnelles Abenteuer aus waren.

Doch da ich, wie gesagt, so etwas öfter erlebte, hatte ich Übung darin, durch Menschen, die ich nicht sehen wollte, hindurchzuschauen und setzte meine Beobachtungen fort.

Das ältere Paar, das mir schon gleich am Anfang aufgefallen war, weil alle beide so ernst aussahen, hatte seine Mahlzeit beendet. Die Frau nahm den Teller und das Besteck vom Platz des Mannes und stellte alles auf ihren Teller. Der Mann holte umständlich eine Schachtel Zigaretten aus seiner Jackett-Tasche und zündete sich mit auf den Tisch aufgestützten Ellenbogen eine Zigarette an. Er inhalierte so tief wie ich frische Waldluft einatme und stieß dann den Rauch in Richtung seiner Begleiterin aus, woraufhin diese sich ein wenig in ihrem Stuhl zurückbog. Etwas halbherzig wedelte er mit der Hand um den Rauch zu vertreiben, aber als er das nächste Mal an seiner Zigarette zog, saß sie gleich wieder in einer stinkenden Wolke. Während er sich also seinem Rauchgenuss hingab, schwiegen die beiden, und ich wendete meine Aufmerksamkeit wieder meinem Käseteller zu.

Zufrieden gesättigt beendete ich mein Abendbrot und lehnte mich zurück. Ich hielt Ausschau nach der Bedienung, weil ich noch ein Glas Wein bestellen wollte. Als sie kam, brachte sie mir bereits ein Glas mit.

»Das schickt Ihnen der Herr dort mit einem Kompliment und mit der Bitte, es anzunehmen.«

Etwas unschlüssig starrte ich auf das Glas, dann auf den Vertreter, der mit einem Lächeln sein eigenes Glas in meine Richtung hob.

Kennen Sie das? Sie tun etwas, obwohl sie schon vorher wissen, dass es falsch ist? So ging es mir jetzt. Was soll's, dachte ich, wenn er es als Ermutigung auffasst, irrt er sich eben. Aber es war mir jetzt einfach zu unbequem mich zu zieren, und ich bedankte mich mit einem Nicken. Dann setzte ich wieder meinen Ich-seh-dich-nicht-Blick auf.

Zwischen dem jungen Pärchen, das am Nachbartisch saß, wurde es plötzlich laut.

»Ich hätte zu Hause bleiben sollen, statt mich von dir auf deine Dienstreise schleppen zu lassen. Ich habe meine Arbeit nicht liegen lassen, um mir jetzt hier endlos anzuhören, was deine Kollegen für Idioten sind und wie schlau du bist. Bei der Meinung, die du über Männer vertrittst, wundert es mich, dass du mich überhaupt geheiratet hast.«

Der junge Mann war aufgesprungen, stand nun mit hochrotem Gesicht vor dem Tisch und blickte mit wutverzerrtem Gesicht auf seine junge Frau, die ihn mit offenem Mund und großen Augen anstarrte. Sie streckte die Hand nach ihm aus und redete leise auf ihn ein. Es musste ihn wohl ein wenig besänftigt haben, denn nach einem kurzen Moment setzte er sich wieder.

Da war mir das andere Pärchen, das an einem Tisch am Fenster saß, schon angenehmer. Er war ein Schöner und sah aus wie ein Model für Herrenmaßanzüge. Braunhaarig mit angegrauten Schläfen, schlank, sein Alter schätzte ich auf Ende fünfzig – und er schien pausenlos zu reden. Sie hatte ein hübsches Gesicht, das von blonden Locken umrahmt war, die immerzu wippten, weil sie eifrig zu allem nickte, was er ihr erzählte. An ihren kleinen Hängebäckchen sah man allerdings, dass auch sie nicht mehr zwanzig war. Um den Hals trug sie locker einen Schal aus Samt, so dass ich mitfühlend vermutete, dass ihr Dekolleté mit ihr gemeinsam gealtert war – so wie bei mir, ich trage auch oft Schals. Aber im Gegensatz zu mir war sie gertenschlank.

Während er also auf sie einredete, griff er plötzlich zu ihrer Hand und drückte einen Kuss darauf und sah ihr dabei wohl tief in die Augen. Mir wurde ganz wehmütig ums Herz, als ich das sah. Mein Mann hatte mich auch immer mit so liebevollen Gesten für sich eingenommen.

Um ja nicht erst sentimental zu werden, richtete ich gleich meine Aufmerksamkeit auf den Mann, der sich jetzt auf einen freien Platz setzte.

Braune Haare! Im Nacken etwas länger, Brille und ungefähr einen Meter neunzig groß. Ein grüner Pullunder über einem Flanellhemd und eine an den Knien ausgebeulte Kordhose – bei der Aufmachung konnte er durchaus Lehrer sein, denn obendrein hatte er auch noch eine Aktentasche dabei, und mein Internetbekannter hatte geschrieben, dass er Lehrer sei. Mag ja sein, dass das Schablonen waren, in denen ich dachte, doch mit meinen Einschätzungen hatte ich bisher immer richtig gelegen, noch dazu da die meisten Lehrer meiner Kinder so ausgesehen hatten.

Mit ungeduldiger Geste winkte der Lehrer nun die Bedienung herbei und verlangte nach der Karte. Auf die Frage der Bedienung, ob er schon wisse, was er trinken möchte oder auch die Weinkarte sehen wolle, blaffte er: »Wein? Wieso, gibt es etwas zu feiern?«

Die Bedienung zog sich mit rotem Gesicht zurück, und meine erwartungsvolle Spannung war schlagartig verflogen. War der immer so? Aber vielleicht war es ja auch nicht mein Bekannter, hoffte ich bestürzt, doch die Beschreibung von ihm konnte durchaus auf diesen ungehobelten Menschen zutreffen. Nachdem er kurz die Speisekarte überflogen hatte, klappte er sie zu und zog ein Buch aus seiner Aktentasche. Während des ganzen Essens, das ihm sehr schnell gebracht wurde, hob er nur den Blick, um nach seinem Glas Bier zu greifen. Oder er kontrollierte mit einem kurzen Seitenblick, dass er mit seiner Gabel auch wirklich das Essen traf. Als ihm nämlich sein Teller gebracht worden war, hatte er sich erst das Fleisch klein geschnitten, dann das Messer weggelegt und die Gabel in die rechte Hand genommen. Es sah ganz so aus, als wäre er es gewohnt, so zu essen.

Mir war die Lust vergangen, meine Beobachtungen fortzusetzen, obwohl es ja wirklich nicht sicher war, dass ich den richtigen Mann beobachtet hatte. Aber ich wollte nun auch gar nicht mehr vorher wissen, wie er aussah. Die Verabredung sollte am nächsten Vormittag sein, und so nahm ich mir vor, nur hinzugehen um zu sehen, ob er es wirklich war. Wenn nicht, konnte ich immer noch schnell meinen roten Schal umlegen und mich ins Abenteuer stürzen – oder auch nicht. Eigentlich wusste ich nun nicht mehr so recht, was mich zu dieser Unternehmung getrieben hatte. Solange wir uns E-Mails geschrieben hatten, war ich doch zufrieden gewesen und hatte gar nicht mehr gewollt.

Nachdem ich die Rechnung auf mein Zimmer hatte schreiben lassen, stand ich auf und steckte beim Hinausgehen der netten jungen Frau, die mich bedient hatte, ein Trinkgeld zu.

An der Rezeption, wo ich mir meinen Zimmerschlüssel abholte, stand der Schöne mit seiner Frau und verkündete gerade wortreich, dass er noch einen Tag länger bleiben würde, weil er noch geschäftlich in Berlin zu tun habe.

»Meine Gattin reist allerdings heute Abend noch ab«, erzählte er dem Empfangschef bedauernd und legte seiner Frau liebevoll den Arm um die Taille.

Also, er mochte ja ein liebender Ehemann sein, aber musste er von seiner eigenen Frau als »seine Gattin« sprechen?

Als ich am Fahrstuhl die Hand nach dem Liftknopf ausstreckte, legte sich plötzlich eine braune Männerhand über meine.

»Hätten Sie nicht Lust, mit mir in der Hotelbar noch einen Drink zu nehmen?«

Ich drehte mich um und holte tief Luft, um dieser Anfrage eine schroffe Absage zu erteilen, denn meine Laune war nun nicht mehr die beste. Wie kam dieser Kerl, dieser Vertreter, dazu mich anzufassen!

»Du erkennst mich wirklich nicht, wie?«
Verblüfft musterte ich sein Gesicht und fragte mich, ob das die neueste Masche wäre, doch plötzlich dämmerte es mir.
»Rainer! Rainer Fuhrmann aus Göttingen.«
Ich freute mich so, Rainer wieder zu sehen, dass ich ihn spontan umarmte. Er hatte jahrelang mit meinem Mann in derselben Gruppe gearbeitet. Ich war ihm auf den Betriebsfesten begegnet und mein Mann hatte ihn oft zum Abendessen mit nach Hause gebracht. Wir hatten uns immer sehr gut verstanden und lange Gespräche über Gott und die Welt geführt.
Was soll ich sagen, ich ging natürlich mit in die Hotelbar, und wir redeten bis tief in die Nacht miteinander. Er schaffte es auch, in mir keine Wehmut aufkommen zu lassen, als wir über meinen verstorbenen Mann sprachen, denn wirklich überwunden hatte ich seinen frühen Tod bisher immer noch nicht. Rainer erzählte mir, dass die Firma den Außendienst ausgegliedert hatte, so dass Forschung und Vertrieb nun nicht mehr unter einem Namen liefen.
»Ich bin froh, dass ich im nächsten Jahr in den Ruhestand gehe, denn ich habe keine Freude mehr an meiner Arbeit. Die Produktbetreuung wird immer mehr unter Marketingmaßstäben gesehen. So wie dein Mann habe ich auch einmal als wissenschaftlicher Mitarbeiter angefangen, und jetzt reise ich hier in kaufmännischen Angelegenheiten durch die Gegend.«
Als Rainer sich vor meiner Zimmertür von mir verabschiedete, waren wir für den nächsten Morgen verabredet. Er blieb extra für mich einen Tag länger, denn er hatte zu Hause anscheinend immer noch niemand, der ihn erwartete. So wollten wir zusammen nach Berlin hineinfahren um einen Bummel zu machen.
In meinem Zimmer legte ich mich erst mal so wie ich war auf das Bett und betrachtete versonnen die stuckverzierte Decke. Von meiner Verabredung mit einem Internetbekannten hatte ich Rainer nichts erzählt, denn es war mir plötzlich peinlich und ich fürchtete, dass er mich für verrückt halten könnte. Außerdem war es mir nun wichtiger, mit Rainer zusammen zu sein, als mich auf ein unüberschaubares Abenteuer einzulassen.
Ich hatte nie verstehen können, dass Rainer nicht verheiratet war. Eine Zeit lang dachte ich, dass er vielleicht kein Interesse an Frauen hätte. Doch mein Mann hatte damals lachend abgewinkt, als ich ihm von meiner Vermutung erzählte.

»Rainer mag Frauen sehr, glaube mir. Ich habe ihn ein paar Mal mit diversen Freundinnen gesehen, aber zum Heiraten waren es vielleicht doch nicht die Richtigen.«

Jedenfalls sah Rainer immer noch gut aus mit seiner sportlichen Figur. Er hatte angenehme Manieren, wohnte in Hamburg in einer Eigentumswohnung und fuhr einen Audi. In Gesprächen war er für alle Themen offen, schien immer gut aufgelegt zu sein …

Was mache ich da eigentlich, dachte ich etwas bestürzt über mich selbst, das klang ja fast wie eine Heiratsannonce.

Als ich am nächsten Morgen aus dem Zimmer trat um zum Frühstück zu gehen, ging neben meinem Zimmer die Tür auf, und der Schöne kam heraus. Er nickte mir nur kurz zu, nachdem ich ihm einen guten Morgen gewünscht hatte und ging vor mir durch die Glastür, die zum Treppenhaus führte.

Als ich mich gerade am Frühstücksbüffet bediente, tauchte mit einem Mal der Lehrer neben mir auf. Mit missmutigem Gesicht starrte er auf meinen Teller und fragte:

»Kann man den Lachs denn essen, ist er frisch?«

Wollte er mir den Appetit verderben? Es reizte mich, ihm zu antworten, dass er ja mal in ein paar Tagen nachfragen könne, wie es mir ginge. Doch dann rief ich mich schnell zur Ordnung. Da ich ihn ja nicht mehr treffen wollte, falls er überhaupt mein Internetbekannter war, musste ich mich auch nicht über ihn aufregen und begnügte mich mit einem Schulterzucken.

Kurze Zeit später erschien Rainer mit frisch rasiertem Gesicht und vom Duschen noch feuchten Haaren an meinem Tisch. Er hatte sich den Teller mit Köstlichkeiten vom Büffet voll geladen, und so gaben wir uns beide genüsslich einem ausgiebigen Frühstück hin. Viel geredet haben wir nicht dabei, und das war mir sehr angenehm. Denn so gern ich auch lange und interessante Unterhaltungen habe, morgens bin ich alles andere als redselig. Als wir dann aber beide gleichzeitig aufstanden um uns zur letzten Tasse Kaffee die Morgenzeitung zu holen, musste ich lachen. Rainer zwinkerte mir nur vergnügt zu.

Zwei Stunden später saßen wir im Auto um nach Berlin hineinzufahren. Als wir am Gelände des Babelsberger Filmparks vorbeifuhren, konnte ich mir doch einen neugierigen Blick in die Richtung zum Eingang des Geländes nicht versagen. Aber ich sah dort nur den Schönen herumstehen, gegen die erste herbstliche Kühle warm angezogen mit einem Trenchcoat und einem knallroten Schal um den Hals.

Die Autorinnen und Autoren

BIRGIT ERWIN, Jahrgang 1974, hat Anglistik und Germanistik studiert und arbeitet jetzt als PR-Assistentin in Frankfurt am Main. Sie schrieb die Geschichte »Zugvogel«.

JUDITH DOMINIQUE FRASS-WOLFENEGG, Jahrgang 1967, Wienerin, hat nach 12 Jahren ihren Job im Marketing-Bereich aufgegeben, um sich ganz auf das Schreiben zu konzentrieren. Von ihr stammt die Geschichte »Liberty«.

JESS GEIGER, Jahrgang 1965, lebt in Dinslaken. Sie ist studierte Sozialpädagogin, Autorin, Musikerin, Künstlerin und Managerin einer Rockband. In dieser Anthologie ist sie mit »Was ist los auf 117?« vertreten.

GUNNAR KAISER, Jahrgang, 1976, ist Hausmann und Schriftsteller in Köln. Er promoviert über die Literatur der Romantik und arbeitet an seinem ersten Roman. »Der Brief« heißt seine Erzählung in dieser Anthologie.

ANNETTE KIPNOWSKI, Jahrgang 1950, Dr. phil., ist Psychologin und seit drei Jahren freie Malerin in Bonn. Bisher schrieb sie nur für den privaten Bereich. »Der Handelsvertreter« ist ihre erste Veröffentlichung.

ROLAND KÜNZEL, Jahrgang 1951, Gymnasiallehrer, Familienvater und Schriftsteller aus Berlin pflegt das Schreiben als »erfüllendes Hobby«. Mit 16 hat er seine erste Kurzgeschichte veröffentlicht. Von ihm stammt »In der Strafkolonie«.

OLIVER METZ, Jahrgang 1969, arbeitet als Regieassistent und freier Autor beim Hörfunk. »Das Geheimnis der siebten Nacht« ist sein erster Beitrag für einen Kurzgeschichten-Wettbewerb.

RUDOLF VISMARA, Jahrgang 1938, wollte schon als Kind einen Roman schreiben, tat es aber erst mit über 60. Vismara lebt in Zürich, hat als Theaterautor, bildender Künstler und Dichter gearbeitet. Von ihm stammt die Geschichte »Jede Nacht in einem anderen Bett«.

HANNELORE WIESE, Jahrgang 1949, lebt in Wendeburg, hat als freie Journalistin gearbeitet, schreibt seit 20 Jahren Geschichten und hat sich bereits 1987 erfolgreich an einem Kurzgeschichten-Wettbewerb beteiligt. Zur Zeit arbeitet sie an einem historischen Roman. Sie schrieb »Das Treffen«.

LUCIA AGNES YUEN, Jahrgang 1952, lebt auf einem 200 Jahre alten Fachwerkkotten in Billerbeck. Zu ihrer Geschichte »Die Mittwochs-Affäre« ließ sie sich von ihrer Arbeit als Hotelbesitzerin inspirieren.

Der Cover-Fotograf

MANOOCHER KHOSHBAKHT wurde 1956 in der iranischen Stadt Abadan geboren. Seit über 25 Jahren lebt er in Hamburg, wo er eine Ausbildung zum Technischen Zeichner und ein Studium der Visuellen Kommunikation an der Hochschule für bildende Künste absolvierte. Nach mehreren Dokumentarfilmen arbeitet Khoshbakht mittlerweile als freier Bildjournalist und Fotokünstler. Über die Idee zum Cover für den Buchtitel »Menschen im Hotel« schreibt er:
»Ich fand es schon immer faszinierend darüber nachzudenken, wie viele Menschen jeden Tag irgendwo auf der Welt in einem Hotel übernachten: Es sind Millionen. Und, egal ob Luxusherberge oder billige Absteige, ob Milliardär oder einfacher Arbeiter, ob in Deutschland, USA oder Asien – dieses markante Zeichen gibt es überall: Ein rotes Schild mit der Aufschrift *Bitte nicht stören* hängt an jeder Hoteltür.
Ich bin selbst auch schon weit gereist. Durch berufliche und private Reisen kenne ich zahlreiche Hotels. Selten denke ich über diese Schlafstätten genauer nach, doch wenn ich es tue, fallen mir schnell diverse Begegnungen, Menschen oder auch Besonderheiten ein. Das alles hat meine Lust geweckt, mich an dem Coverwettbewerb zu beteiligen.«

Danksagung von atlantis-city

Dieses Buchprojekt ist durch die Arbeit und das Zusammenwirken vieler Menschen entstanden. Unser besonderer Dank gilt natürlich den Autorinnen und Autoren des Wettbewerbs »Menschen im Hotel«. Wir wünschen ihnen auch in Zukunft viel Kreativität und Phantasie. Danken möchten wir auch den Jury-Mitgliedern Erhard Hackler, geschäftsführender Vorstand der Deutschen Seniorenliga e.V., Dr. Walter Paris, geschäftsführender Präsident der Lessing-Hochschule zu Meran, Steffen Weidemann, Mitglied des Vorstandes Dorint AG Mönchengladbach, und natürlich Dr. Wolfram Göbel, Geschäftsführer der Buch & medi@ GmbH, der dieses Buch verlegt hat. Nur durch die freundliche Unterstützung von Dorint Hotels & Resorts war es möglich, den fünf bestplatzierten Gewinnern ein Wochenende in einem Dorint-Hotel ihrer Wahl in Deutschland zu schenken. Herzlichen Dank für die tollen und großzügigen Preise! Unserem Schirmherren Walter Sittler möchten wir für das Vorwort zu diesem Buch und die Begleitung des Wettbewerbs danken.

Doch das alles wäre nicht ohne die Unterstützung der Mitarbeiterinnen und Mitarbeiter von atlantis-city und der MedCom GmbH möglich gewesen, die viele organisatorische Aufgaben zu bewältigen hatten. Auch ihnen gebührt unser Dank.